MANIPULACIÓN TÓXICA

MANIPULACIÓN TÓXICA

UN RELATO PARA IDENTIFICAR A LAS PERSONAS TÓXICAS, DONDE ENCONTRARÁS CÓMO SER ÚTIL SIN SER UTILIZADO

JOSÉ LUIS NAVAJO

WHITAKER HOUSE Español

Manipulación tóxica

Un relato para identificar a las personas tóxicas, donde encontrarás cómo ser útil sin ser utilizado
José Luis Navajo

Edición: Henry Tejada Portales

ISBN: 979-8-88769-312-5
eBook ISBN: 979-8-88769-313-2
Impreso en Estados Unidos de América

Whitaker House
1030 Hunt Valley Circle
New Kensington, PA 15068
www.espanolwh.com

Por favor, envíe sugerencias sobre este libro a: comentarios@whitakerhouse.com.

1 2 3 4 5 6 7 8 9 10 11 31 30 29 28 27 26 25 24

NO DEJES DE LEER ESTO, POR FAVOR

Cuando comienzas a amarte, el mundo empieza a quererte. Solo al ser consciente de lo que vales buscas lo que mereces.

No persigas a nadie; ni un amor, ni una amistad, ni una posición. La energía que derrochas procurando el aprecio de otros, inviértela en amarte... ¡Verás qué prodigiosos resultados obtendrás!

Este libro aborda los peligros de la manipulación y las tácticas del manipulador. También incursiona en la sinrazón del fanatismo, y con este término no me refiero al ferviente seguidor de un artista, sino al radical, ciego y peligroso defensor a ultranza de unas ideas, sean cuales fueren.

Pero las páginas que siguen no se concentran solo en el victimario, sino que tienden la mano a la víctima y trazan ante ella el camino de salida.

Un antídoto efectivo (tal vez el más eficaz) para neutralizar los intentos de manipulación, es amarse uno mismo.

Cuando no me quiero ni me acepto, albergaré emociones diversas hacia mis semejantes: desde la admiración al temor, pasando por el asombro, la envidia y el recelo, pero no por el amor, porque carezco de amor propio, y es imposible dar aquello que no se tiene.

Por el contrario, quien se ama es capaz de amar. El que se ama es amante, y en consecuencia paciente, comprensivo y tolerante con su prójimo, también con quienes son y piensan de manera diferente.

También, y esto es muy importante, el amor propio inyecta autoestima en las venas y actúa de coraza impenetrable ante los intentos de manipulación.

Procuro seguir la verdad y vivo intentando defenderla. Además, hay una edad —y yo la he alcanzado— en la que uno es sincero en defensa propia, porque mentir resulta agotador. Pero entre amar la verdad e imponer "mi verdad" hay una distancia enorme. Cuando mi creencia deja de ser un derecho propio para convertirse en obligación de los demás, estoy enterrando mis pies en el barro de la intolerancia.

Creo en los ideales; los tengo y los promuevo, pero huyo de los extremismos. ¡Cuidado con el santo que ahorcó a su gato un lunes por haber cazado un ratón el domingo!

Tener principios y divulgarlos no es lo mismo que exigir al mundo que los tenga. Un principio impuesto no es otra cosa que tiranía disfrazada.

El fanatismo es el más fiel aliado de la manipulación, pues el fanático es un ser manipulado que, a su vez, se hace experto en técnicas de manipulación.

Suficiente fanatismo te llevará a la obediencia ciega... y también sorda y muda. Si el líder se lo ordena, un fanático será capaz de ver blanco lo que es negro, y negro lo que es blanco.

¿Dónde pueden darse el fanatismo y la manipulación?

En todos los estamentos de la sociedad, sin excepción. Todas las organizaciones, y también los organismos, pueden sufrirlo y promoverlo. Una empresa, una iglesia, una fundación, un círculo social, un partido político, e incluso una familia, son susceptibles de padecerlo.

Los modernos sátrapas han colonizado todos los estratos sociales y, al igual que las termitas, corroen la estructura de forma sutil pero determinante.

El fanatismo resta paz y multiplica la ansiedad; destruye esperanzas y llena clínicas psiquiátricas; roba la fe y siembra la angustia.

La manipulación religiosa es la que más espanto me produce. Me provoca, incluso, náuseas, porque utilizar promesas eternas para lograr fines terrenales resulta vergonzoso. Camuflar la tiranía bajo un embozo de espiritualidad, o disfrazar el fundamentalismo bajo una pátina de piedad, son aberraciones peligrosas.

Utilizar el nombre de Dios para promover el mío es muy feo. Usar el texto sagrado como instrumento de manipulación para llenar mi alcancía es un pecado abominable.

La religión busca manipular al ser humano utilizando la eficaz estrategia del miedo. Mientras tanto, Jesús utiliza el arma más poderosa que existe: el amor, para hacernos libres.

Jesús, teniendo miles de sirvientes, se hizo siervo de millones. No es lícito invertir los términos para servirme de ellos en vez de servirles a ellos.

La Biblia, un libro que chorrea vida por los cuatro costados, cuando cae en manos de un tirano autócrata se convierte en instrumento de muerte y en arma de destrucción masiva.

¿Te preguntas por qué lo escribo?

Porque al escribir hago específico lo que pienso y siento. Los pensamientos se afirman a través de los labios y se desenredan a través de las yemas de los dedos. Si no lo has escrito, no lo has pensado a fondo.

O tal vez tu pregunta es ¿por qué elegí esta temática?

Aquí la respuesta: he visto muchas esperanzas rotas y fui convocado varias veces al levantamiento de cadáveres emocionales. ¿La causa de la muerte? La víctima se sintió manipulada, utilizada y posteriormente abandonada. Llegó el momento de desenmascarar a los sicarios, y estas páginas pretenden ser dedos índices que los señalen. Quiero también gritar esperanza a quien yace en el abismo de la decepción. Porque de ahí se sale, te lo aseguro, y deseo mostrarte la salida.

Siempre he preferido la medicina preventiva a la curativa, y con este libro pretendo encender luces rojas en el camino de quien es susceptible de caer en la manipulación tóxica. Si piensas que estás aproximándote a esa ciénaga, aléjate, huye despavorido por lo que más quieras. Nada vale más que tu salud mental.

Es mi anhelo que este hijo literario conecte contigo de tal modo que obre cambios en tu vida, pues no concibo la lectura que te deja indiferente, ni esa otra que te asombra, pero para nada te transforma. Uno debe salir de un libro habiendo crecido.

INTRODUCCIÓN

Era la quinta noche en ese mes que la pesadilla lo despertaba. Sentado sobre el colchón respiraba agitadamente; su frente lucía perlada de sudor y la leve tela de la pijama estaba húmeda y pegada a su torso. Casi era perceptible el ritmo desbocado de su corazón.

De nuevo estaba allí ese sueño aterrador donde los monstruos eran sus mejores amigos —quienes antes también lo fueron—, y los instrumentos de tortura consistían en un puñado de frases y toneladas de silencios. No se trataba de una sangrienta trama con hirientes diálogos, se acercaba más al cine mudo, con gestos, desaires y el hielo de la indiferencia.

Los dígitos rojos del reloj anunciaban las tres y diecisiete minutos de la madrugada, y Daniel tuvo dos certezas: esa noche ya no dormiría, y la jornada que aún tardaría cuatro horas en amanecer estaría llena de ansiedad.

Sentía la boca seca... El paladar de su alma, sin embargo, chorreaba pánico, angustia y zozobra. ¡Qué siniestra paradoja que las iniciales de esas tres emociones compusieran la palabra PAZ! El tesoro que había perdido.

¡No!, eso no era cierto; no lo perdió, sino que se lo robaron, y aquel expolio le dejó a la deriva y en bancarrota emocional.

Se dejó caer sobre la almohada sintiendo la familiar presión en el pecho que, como siempre, llegaba acompañada de dificultad para llenar de aire sus pulmones. Sabía cómo debía actuar para evitar que la ansiedad desembocase en una severa crisis de pánico: a oscuras tanteó en el cajón de la mesita de noche hasta localizar la cajita de Lorazepam. Con sus dedos índice y pulgar hizo presión sobre el blíster que, con un leve chasquido, liberó el comprimido. Lo introdujo bajo la lengua, cerró los ojos e intentó calmarse.

"Cuando aparezca la crisis —le había indicado Fran, su psicólogo— respira con la técnica 4-7-8. Es la 'respiración relajante', consiste en inspirar durante cuatro segundos, retener el aire siete segundos y expulsarlo lentamente durante ocho segundos. Es muy efectivo para reducir la ansiedad".

Manteniendo los ojos cerrados, inspiró profundamente, contando para sus adentros: uno, dos, tres, cuatro...

Vayamos al principio:

EL ABRAZO, UN TRAJE QUE SE ADAPTA A TODOS LOS CUERPOS

Era una tibia tarde de otoño en la que declinaba el sol y también el mes de octubre. El cielo se asemejaba a una lámina de estaño inerte y los árboles lucían despojados, emulando a trémulos esqueletos.

Si gris era el cielo, aún lo era más el ánimo de Daniel. Aunque intentaba evitarlo, su mirada traslucía un gran abatimiento. Dicen que los ojos son ventanas al alma, y los suyos gritaban el enorme vacío que sentía.

En aquel momento ignoraba que el manipulador huele a las personas emocionalmente vulnerables.

Arrastrando los pies, y también el ánimo, entró a un establecimiento y cuando salió, arrugando el extremo de la bolsa de papel para que el pan recién horneado conservase un rato más el calor, fue abordado por un hombre de mirada confiable y sonrisa digna de comercial de pasta dental.

—Si acudes aquí —dijo, y puso en la mano de Daniel un pequeño panfleto—, encontrarás lo que te falta...

Antes de fijar su mirada en el papel observó unos segundos al hombre que se lo ofrecía. La mano que rozó al tomar el folleto era de palma fina y uñas muy cuidadas, no parecía la de un obrero manual. Tampoco el impecable traje que vestía (en un movimiento del hombre pudo ver que se trataba del diseñador italiano Brunello Cucinelli) apuntaba a un trabajador por cuenta ajena. Todo lo contrario. Podría ser un empresario, un ejecutivo o quizá, a juzgar por su expresividad, hasta un artista. ¿Qué edad tendría? Era difícil de calcular. Su buen aspecto invitaba a pensar que se hallaba en algún punto entre los treinta y cinco y los cuarenta y cinco años. Imposible ser más preciso. Su cuidada piel, la energía que su gesto proyectaba y la agilidad con la que caminaba al alejarse, dificultaban mucho la especulación al respecto.

Cuando los brillantes zapatos Ralph Lauren alejaron al sujeto, Daniel centró su atención en el papel y repasó rápidamente las cuatro frases impresas. Vio también una dirección que incluía la ubicación electrónica. Eran pocas letras, pero destacaba en mayúsculas la palabra "paz", justo lo que a él le faltaba.

¿Por qué no acudir? Total... si la función no era lo que esperaba, tampoco habría perdido nada. Si algo le sobraba últimamente era tiempo. Desde que Vanessa lo dejó sus días parecían siglos, y el mes transcurrido desde la debacle se le antojaba una eternidad en el infierno.

Llegado el día acudió puntual a la cita. Un ejército de sonrisas lo estaba aguardando:

—¡Bienvenido a lo que será la mejor parte de tu vida! —le dijo un joven sonriente.

La frase le sonó a eslogan publicitario, pero la recibió con agrado.

—¡Nos alegra que estés aquí! —exclamó otro que aparentaba ser más joven que el primero—. Esta es tu casa y nosotros tu familia...

—Daniel, nunca te arrepentirás de haber venido. Solo se arrepienten quienes pudiendo llegar no llegaron —el timbre de voz parecía de mujer, pero resultaba difícil ver al interlocutor al otro lado de la deslumbradora sonrisa.

Aquella recepción le sobrecogió por su calidez. Parecían llevar la vida entera esperándolo. Tal profusión de bienvenidas y parabienes lo abrumaron al punto de no saber dónde ubicar tanto cariño.

Nunca había sido un hombre vanidoso, uno que se admirase o sobreestimase a sí mismo, y tampoco creía mucho en su bondad y en sus fuerzas. Pero aquel entusiasmo desenfrenado rebosaba de una cordial confianza que lo envolvía como en una cálida ola. Todo el miedo y la cobardía desaparecieron de repente como llevados por un viento dorado.

¿Cómo pudo vivir soportando tan altas dosis de indiferencia mientras el mundo tenía guardado tanto aprecio para él?

Una mano en el hombro, por la espalda, acompañada de una voz grave y potente, interrumpió sus pensamientos

—Bienvenido, Daniel —aquel hombre le recordó, nada venturosamente, a su padre, de quien no guardaba buenas memorias; pese a ello el tono y la cadencia en la voz denotaban madurez y cordura—. Si permaneces con nosotros, cada día de tu vida estará lleno de sentido —le aseguró.

Aún resonaba el eco de esas palabras, cuando otras lo abrazaron:

—Daniel, si haces tuya esta causa nunca te faltará una razón para vivir —parecía jovencísimo quien lo afirmaba, y fue esta la primera vez que Daniel escuchó la palabra "causa". No podía imaginar lo relevante que tal expresión llegaría a ser en su vida.

Y así continuó una interminable retahíla de abrazos, plácemes y promesas. Nunca había escuchado su nombre tantas veces, y jamás recibió dosis tan grandes de atención.

Cuando esa noche llegó a casa tuvo la certeza de que acababa de comenzar a vivir.

Se miró al espejo. Hacía tiempo que no era capaz de mantener la mirada sobre su imagen, pues el estrepitoso fracaso sentimental afiló las aristas más cortantes de su temperamento melancólico y laceró su ya precaria autoestima. Apoyado con ambas manos en el lavabo, mantuvo los ojos sobre la pulida superficie, y sintió que le gustaba lo que veía.

Se atusó el cabello, volvió a mirarse y acentuó la sonrisa; hasta le dieron ganas de besarse. Todo lo anterior carecía de relieve; los años vividos se asemejaban a una pátina irrelevante desprovista de interés. Sentía lástima matizada de desprecio hacia su anterior "yo"; definitivamente, su vida comenzaba ahora.

Aquel día Daniel quedó fascinado y ciegamente enamorado. Nada peor para la objetividad, pues el enamoramiento carece de criterio.

No se había enamorado de una persona, sino de...

Esa era una buena pregunta que Daniel, por supuesto, se hizo:

—¿De qué me he enamorado? —se interrogó a punto de quedar dormido—. El lugar donde hoy estuve, ¿qué es realmente?

Podría ser una empresa, o una entidad benéfica; tal vez una iglesia o una fundación... Tenía un poco de todo, y no lo tenía todo de nada. Una mezcla de enfoques que generaba cierta confusión.

—Nos mueve un propósito y nos alienta una *causa* —le dijeron con insistencia.

Así que se había enamorado de *una causa*, pero el efecto no era distinto a hacerlo de una persona.

La ceguera era idéntica.

SOFÍA

—Fran, te agradezco que sacases este tiempo para escucharme.

Cuando la mañana anterior el doctor Francisco Castellanos recibió la llamada de Sofía notó en ella algo cercano a la angustia:

—Necesito que me ayudes —la voz de la mujer sonó a súplica.

A Fran le tomó quince segundos repasar su agenda e identificar a tres pacientes cuya cita podía mover.

Por supuesto que podemos vernos —le dijo enseguida—. Mañana por la tarde... ¿quieres venir a la consulta?

—¿Podríamos vernos fuera? —pidió Sofía—. Fran, no tengo buenos recuerdos de los meses en los que acompañé a Daniel a tu consulta.

—Pero no negarás que el resultado de la terapia fue positivo —se defendió el doctor bromeando.

—Jamás lo dudaré. Tu apoyo fue vital para que mi hijo retomase su vida —reconoció ella—. Eres el mejor psicólogo que conozco.

Optaron por verse en la cafetería Buraioni. Estaba cerca de la clínica en la que Fran pasaba consulta y disponía de una terraza soleada y de cuidada vegetación.

Sofía llegó antes y ocupó la mesa que estaba junto a unos exuberantes parterres de rosas. Cuando Francisco se aproximaba vio que la mujer jugaba nerviosamente con las llaves. Los ademanes evidenciaban su estado de ansiedad.

—¡Hola, Sofía! —saludó el doctor alegremente—. Me alegra verte.

Ella se incorporó y lo saludó con un beso en cada mejilla. Ambos tomaron asiento y enseguida llegó un camarero para atenderles. La primavera estaba en su pleno auge, y el clima era perfecto para disfrutar de un refresco con hielo, pero los dos optaron por un café.

—Gracias por atenderme, Fran —expresó Sofía con sinceridad—. Sé que tu consulta está siempre llena. No sabes cuánto agradezco que sacaras este tiempo.

—Siempre es agradable verte —la tranquilizó—, y debo decirte que tu llamada de ayer me dejó intranquilo. Sonabas angustiada.

—Lo estoy —admitió ella.

—¿Qué te ocurre? ¿Estás bien de salud?

—Yo estoy bien, en realidad quería hablarte de Daniel. Me preocupa mucho.

El camarero llegó con una bandeja, puso frente a ellos las tazas con café, y de una pequeña jarra se dispuso a añadir leche al gusto. Fran aceptó, pero Sofía hizo un ademán con la mano, declinando el ofrecimiento.

—Gracias —le dijo—. Lo tomaré negro.

—¿Qué le ocurre a tu hijo? —inquirió Francisco, una vez se hubo alejado el atento empleado—. ¿Ha empeorado? —miró a Sofía mientras vaciaba el sobrecito de edulcorante en su taza y hacía girar la cucharilla para diluirlo—. Dani respondió muy bien a la terapia y lo vi rehacerse de manera fantástica. Dime, ¿acaso ha empeorado?

—No, al contrario, le veo feliz y entusiasmado —ella no endulzó su bebida; le gustaba el café negro y amargo. Tomó un pequeño sorbo y volvió a dejar su taza en el platillo—. Realmente tu labor fue extraordinaria, Fran, con razón tu agenda está llena, la terapia psicológica que le diste fue muy efectiva.

Aunque en ese momento no llevaba la bata blanca que vestía en la consulta, sino una ropa sencilla, modesta, incluso austera, la imagen del doctor Francisco Castellanos infundía confianza y seguridad. Su camisa azulada y su pantalón tejano no parecían pobres, y mucho menos sucios. El cabello prematuramente canoso y las gafas de cristal redondo y varilla metálica, le conferían el aspecto de erudito sobrado de recursos, pero su mirada no exhibía altivez sino genuina humanidad. Desde luego que aparentaba más de los treinta y cinco años que acababa de estrenar, pero no era vejez lo que proyectaba, sino sabiduría. Luego estaba su sonrisa, que parecía cincelada en su rostro y brindaba calidez y empatía. Cuantos lo trataban destacaban la profunda espiritualidad del doctor: era un hombre de fe a la vez que una persona de ciencia. Su confianza en Dios y su devoción eran bien conocidas, pero jamás intentó utilizarlas para condicionar a sus pacientes. Sobre su mesa, en la consulta, siempre reposaba una Biblia junto a los vademécum médicos y diversos libros de medicina. Inauguraba el día leyéndola en privado y nunca cerraba su oficina sin volver a estudiarla. La leía pero no la imponía.

En ese instante, ante el aluvión de halagos que Sofía le había dispensado, las mejillas de Fran mostraron un ligero rubor.

—Te agradezco el cumplido —respondió—. Pero, si ves a Dani feliz, no entiendo que estés tan preocupada.

—Fran, ni es normal tanta felicidad, ni es natural un cambio tan brusco —explicó Sofía—. Hace poco lloraba por los rincones y ahora, desde que entró en eso que llama *La Causa,* ríe y sonríe a diestra y siniestra... No es algo natural.

—No soy padre; pero imagino que el mayor objetivo de quien lo sea es ver feliz a su hijo. Dime, Sofía, ¿qué te preocupa? —insistió el psicólogo.

La mujer se recostó en la silla y por unos segundos acarició su barbilla con sus dedos, como sumiéndose en una profunda reflexión. Fran tomó su taza de café con ambas manos y aprovechó aquella isla de silencio para desviar la mirada hacia una bandada de gorriones que se disputaban las migas de pan que una pareja arrojaba desde una mesa cercana.

—Solo habla de *La Causa* —la voz de Sofía lo trajo de nuevo a la conversación—. Eso es lo que me preocupa. Su mundo se ha reducido a *La Causa*. Entró en eso hace siete meses y ahora intenta convencer a todos de que afuera no hay vida. *La Causa, La Causa, La Causa*... a todas horas... en todo lugar... Vive obsesionado, y a mí me hace vivir angustiada.

—*Mirad las aves del cielo, que no siembran, ni siegan, ni recogen en graneros; y vuestro Padre celestial las alimenta* —Fran lo recitó sin apartar sus ojos de los pajaritos que picoteaban a placer los pedazos de pan—. *¿No valéis vosotros mucho más que ellas?* (Mateo 6:26).

—¿Cómo dices, Fran? —inquirió Sofía.

—Miraba esos gorriones —explicó—, y vinieron a mi mente las palabras de Jesús. ¿Sabes que él dijo?: *No os afanéis por vuestra vida, qué habéis de comer o qué habéis de beber; ni por vuestro cuerpo, qué habéis de vestir. ¿No es la vida más que el alimento, y el cuerpo más que el vestido?* (Mateo 6:25).

Luego, mirando a Sofía, repuso con serenidad: No os afanéis... ese consejo es la puerta a la salud mental. El afán, la ansiedad, la constante preocupación, son atajos a la angustia.

—¿Acaso crees que me preocupo por capricho? —replicó Sofía—. Fran, si alguna vez eres padre comprenderás lo que siento.

Ver a tu hijo en peligro es lo peor que puede experimentar una madre.

—Te comprendo, Sofía, no quise minimizar tus sentimientos y te pido disculpas si eso fue lo que pareció. Solo intentaba decirte que ante cualquier circunstancia tenemos dos opciones: angustiarnos o confiar. Si confío poco me angustiaré mucho, si confío mucho me angustiaré poco —sonrió con franqueza—. Pero dime, ¿qué ideales promueve eso que tu hijo llama *La Causa*?

—Por lo que me ha dicho son valores positivos. Habla mucho de ayudar al prójimo y de ser solidarios. Al igual que tú, ellos citan a menudo la Biblia.

—No parece nada negativo —repuso Fran—. ¿Qué comenta Dani acerca de las personas con las que está?

—Siempre repite: "Ellos me aman...". Lo repite una y otra vez: "Ellos me aman". Y aparentemente es cierto, pues lo llaman constantemente y están encima de él a todas horas.

—¿Eso te parece negativo?

—No es eso lo que me preocupa —aclaró Sofía—, pero es que siempre que lo llaman es con encargos y encomiendas.

—¿Encargos y encomiendas? —Fran amusgó los ojos—. Explícame eso, por favor.

—Trabaja todo el día para ellos. De sol a sol; Dani ha descuidado estudios, familia y hasta su alimentación —explicó Sofía—. Si se lo reprocho, me mira con gesto de perdonarme la vida y susurra cosas como "gente superficial; no entendéis nada" —la pasión que la mujer aplicaba al discurso agotó sus reservas de aire, por lo que se detuvo un instante para recargar los pulmones. Enseguida continuó—. Daniel prepara desde hace tiempo unas oposiciones para la Administración Local, y por eso no trabaja. Hasta ahora dedicaba ocho horas diarias a estudiar. En estos últimos siete meses, desde que entró en eso, no ha abierto los libros en más de dos ocasiones. Siempre está envuelto en asuntos de *La Causa* —consciente de su larga disertación, calló, brindando a Fran la posibilidad de intervenir.

Pero Fran estaba interesado en conocer más detalles, por lo que pidió:

—Sigue contándome, Sofía. Me interesa lo que dices. ¿Le dijiste alguna vez que necesitas que esté más presente en el hogar?

—Hace dos noches preparé su cena preferida: pollo al horno con la ensalada tibia que a él le encanta. Lo llamé por teléfono y le dije que lo extrañaba mucho; le pedí que llegase pronto para disfrutar juntos de la cena.

—¿Cómo reaccionó? —quiso saber el psicólogo.

—Con una frialdad que me dejó helada —había pesar en la mirada de Sofía—. "Tendrás que acostumbrarte a que la familia ha pasado a un segundo lugar", me dijo.

—¿Eso te dijo? —el doctor estaba perplejo.

—Intenté hacerle ver que era tarde y necesitaba alimentarse. Dani cortó la llamada —la mujer meció su cabeza de lado a lado—. Me dejó helada...

—Ahora sí me preocupa —reconoció Fran—. Un credo que no te convierte en mejor persona suele ser tóxico, aunque esté envuelto en un embozo de altos ideales o de espiritualidad. Un grupo religioso extremista ama a quienes están dentro y odia a los que están fuera. A diferencia del genuino cristianismo, que fomenta el amor incluso hacia los enemigos.

LOVE BOMBING

No lejos de allí, Fabián, el líder principal de *La Causa,* estaba reunido con su núcleo duro: Mateo, Hugo, Salvador y Felipe. Haciendo uso de su característica vehemencia los ametrallaba con frases lapidarias.

—El volumen de captación ha descendido en las cuatro últimas semanas. ¡*La Causa* está en riesgo! O invertimos la tendencia o desaparecemos. ¡Durante el último mes perdimos adeptos! —no era inquietud, sino indignación lo que proyectaba su voz—. ¡Ganamos a diez, pero once de los anteriores se marcharon! ¡Tenemos que abandonar esta línea descendente!

Fabián desbordaba carisma y él lo sabía. Más allá de su innegable atractivo estaba su personalidad magnética. Por supuesto que la apariencia ayudaba: el cabello rubio y largo, pero impecablemente arreglado, enmarcaba un rostro de facciones tan perfectas que parecían talladas a mano. En el centro de su cara una nariz finamente perfilada, y a ambos lados de ella brillaban dos ojos azules, como dos pedazos de cielo. Pero no era la belleza lo más destacable en él, sino una autoridad latente que no requería de artificios para ser proyectada. Su carisma surgía en las palabras, en su mirada y en cada uno de sus ademanes. Su presencia infundía respeto.

—Si no mejoramos las cifras —insistió— *La Causa* tiene los días contados y nuestro objetivo de contribuir al bien de la sociedad se verá cancelado —pero Fabián era lo suficientemente astuto como para frenar los reproches e iniciar la adulación justo antes de minar de manera irreversible el ánimo del interlocutor. Guardó dos segundos de silencio y reinició su proclama, ahora con elogios—. Son fantásticos, los aprecio mucho y valoro cada gramo de esfuerzo que invierten en *La Causa*, pero el propósito que nos alienta es ayudar, y para eso debemos captarlos —utilizaba la estrategia de condimentar sus palabras con una pizca de empatía y solidaridad, buscando que sus intereses personales quedasen camuflados bajo el barniz de la caridad. A eso lo llamaba "salpimentar" su interesado discurso.

—¿Qué sugieres, Fa? —Salvador se dirigió al líder con el hipocorístico que todos utilizaban para llamarlo: "Fa", abreviando su nombre a la vez que apelaban a la cuarta nota de la escala musical, dado su gusto por la música y su pericia para ejecutarla—. Tenemos la maquinaria trabajando a tope; hemos movilizado a todos los voluntarios. Dime, ¿qué sugieres que hagamos?

—No sugiero nada —Fa intentó proyectar calma en la voz, pero el arrebol de sus mejillas denotaba la indignación que sentía—. Estoy cansado de ser yo quien genere las estrategias. Espero que también ustedes tengan algo que aportar.

Salva agachó la cabeza. Era mejor no llevar la contraria al líder.

—Necesitamos adeptos de alto impacto y bajo mantenimiento.

Todos giraron la cabeza hacia la voz que había sonado. Era Felipe, quien tenía la capacidad de pasar desapercibido hasta que abría la boca. En cuanto verbalizaba una frase, instauraba el silencio. No hablaba con frecuencia, pero sus participaciones siempre provocaban asombro, por esa razón le apodaron "el filósofo".

—¡Qué alegría escuchar a nuestro filósofo particular —el sarcasmo era uno de los puntos fuertes de Fabián, y también de los más irritantes—. Te quedó espectacular esa frase. ¿Podrías traducirla para nosotros, los humanos del estrato inferior?

Los ojos oscuros, que conferían a Felipe un gesto profundo y reflexivo, no perdieron su brillo, ni su voz mostró el más mínimo atisbo de vacilación.

—Alto impacto y bajo mantenimiento —repitió, y enseguida pasó a explicarlo—: si logramos que cada uno de los captados tenga un gran impacto inicial, será mucho más sencillo retenerlos —hablaba calmado.

—¿Podrías, oh gran sabio, decirnos cómo lograr eso?

—Lo haré con gusto, Fabián —la insolencia del líder no lograba traspasar la impenetrable corteza del temperamento flemático de Felipe—. Cuando el adepto recibe una alta impresión en sus comienzos, la huella de esa impronta los conectará de lleno con *La Causa*. Alto impacto a su llegada; es algo así como un secuestro emocional; de ese modo requerirán de escaso mantenimiento. Es decir, paulatinamente podremos ir descuidándolos; no precisarán de atención constante, pues ya tienen una marca indeleble...

—Un secuestro emocional... —Fabián asentía, conectando de lleno con la intención de Felipe, pero procurando que su admiración no quedase en evidencia—. Entiendo.

—Los otros —precisó "el filósofo", al tiempo que llevaba la mano derecha a su cabello negro, corto y peinado con una raya tan perfecta que parecía trazada con escuadra—, los de bajo impacto y alto mantenimiento, requieren de elevadas dosis de atención, de lo contrario abandonan. Hay que estar siempre encima de ellos, y eso supone una gran inversión de tiempo y energía.

—Eso no nos interesa —concluyó el líder—. Desgasta demasiado...

—Entonces —apuntó Felipe— despleguemos la operación *Love Bombing*...

—¿La operación qué? ¿Entendiste algo, Fa? —Hugo acostumbraba intervenir al último, y casi siempre con preguntas. No se conocía en todo su historial ni una respuesta o solución; no aportaba nada al grupo, pero era el principal palmero de Fabián, y ese era el mayor activo que Hugo ostentaba: su impresionante capacidad de adulación al líder.

—*Love Bombing* —repitió Felipe, y entonces tradujo—: bombardeo de amor; hagamos que en sus primeros días reciban grandes dosis de afectividad —sonrió con calma antes de concluir—. El aprecio y el afecto son bienes escasos, pero suponen una de las mayores necesidades del ser humano. Todos, sin excepción, necesitamos sentirnos aceptados y valorados. Si quieres cautivar a alguien, inyéctale amor en las venas hasta dejarlo plácidamente anestesiado.

Fabián estaba absorto escuchando "al filósofo". Cuando se dio cuenta de su gesto de embobado, reaccionó dando una palmada sobre la mesa y ordenando:

—¡Derrochad atención en el recién llegado! —fue el mandato. No hubo felicitación alguna para el promotor de la idea. Preocupado por tener la última palabra y a falta de argumentos, el líder reforzó la orden con un segundo golpe sobre la mesa—. Que sientan mucho aprecio mientras los conducimos al núcleo. Allí se convertirán en mano de obra útil.

Hugo y Mateo aplaudieron con fervor. Este último nunca decía nada, pero su alto estatus económico y las generosas donaciones que hacía a *La Causa* eran mérito suficiente para que ocupase una posición de privilegio. Además su impecable forma de vestir, siempre con trajes carísimos, conferían buena imagen a la entidad.

—Mano de obra útil, utilizada y sobre todo barata —la risa de Salva sonó fea incluso para sus compañeros—. Cautivarlos para apresarlos —esta vez la carcajada tuvo una resonancia horrenda.

TRES AMORES

Francisco escuchaba a Sofía con la máxima atención, concentrándose de manera especial en sus ojos. Veinte años ejerciendo la psicología, pero en especial la pasión y vocación con que la ejercía, le hicieron adquirir destrezas esenciales, una de ellas era leer los ojos. "Los ojos jamás mienten —decía con frecuencia—. Si estás feliz, brillarán; si estás triste, se mostrarán apagados; si estás enojado se verán sombríos, si estás enamorado exhibirán magia y si estás angustiado gritarán por ayuda".

Este último era el caso de Sofía: sus ojos suplicaban ayuda y sus labios lo verbalizaron:

—Fran, ¿crees que de verdad lo aman? —la interrogante imploraba un "sí" por respuesta—. ¿Crees que ellos quieren ayudar a mi hijo?

El doctor apuró el último sorbo de café y dejó la taza sobre el pequeño plato. Fue entonces cuando, mirándola con inequívoca sinceridad, repuso:

—Me preguntas, Sofía, si ellos aman a tu hijo... Querría responder afirmativamente —lo verbalizó con un tono de voz sedante, como quien aplica anestesia justo antes de la cirugía—, pero lo cierto es que no lo creo —y lo repitió—: no conozco lo suficiente a ese grupo como para emitir un juicio fehaciente, pero temo que no lo aman, solo lo quieren.

—¿Acaso no es lo mismo?

—¿Querer y amar? Claro que no —aseguró Fran—. No es lo mismo, en absoluto. Amar implica una entrega que no aguarda contrapartidas. Pero cuando hablamos de querer, eso es diferente: se quiere lo que necesitamos, pero amamos a quien no necesitamos para nada, y pese a ello deseamos tenerlo a nuestro lado para todo. Ellos quieren a Dani porque lo necesitan. Tu hijo es una valiosa herramienta que esa "causa", y quienes la promueven han adquirido para su particular beneficio. Esas asociaciones suelen instrumentalizar a las personas. Con el cincel del aprecio y a fuerza de adulación las convierten en utensilios útiles para sus fines. Tallan a su antojo el cerebro del adepto.

La anestesia que Fran había aplicado no fue suficiente, pues el breve discurso tuvo para Sofía la resonancia de un disparo. Miraba al doctor con fijeza. Sus pupilas, que llevaban tatuada la angustia, se endurecieron adquiriendo un brillo acerado. Esperaba palabras de consuelo y optimismo, pero el panorama que Francisco había pintado solo logró sumirla aún más en la ciénaga de la incertidumbre.

Ante el mutismo de Sofía, el psicólogo retomó su discurso:

—Un día mi abuelo me dijo que a lo largo de la vida tendremos tres amores, que son —los enumeró alzando cada vez uno de los dedos de su mano derecha—: el primer amor, el imposible y el verdadero. El primero —me explicó— será tu amor aventurero, el que surge en la adolescencia o juventud temprana, al calor de tus hormonas ardientes y descontroladas. Es tu primera historia de amor, y será un enamoramiento de gran impresión, pero corta duración. Esa sensación única de, enamorarte por primera vez y sentir una intimidad tierna y plena. Con la mirada pedí a mi abuelo que continuase, y él lo hizo. Luego está el amor imposible. Ese que sacude tus cimientos y hace vibrar hasta el último de tus sentidos. Atenta contra los muros de tus principios y te parecerá que eso es lo que esperaste toda la vida. Terminará cuando más lo ames, y quedará grabado para siempre en tu memoria. Un amor que remueve todo en ti, pero no se quedará.

—Creo que ese es el amor que experimentó Daniel hacia Vanessa. Mi hijo quedó destrozado —lamentó Sofía—. Aquella muchacha lo abandonó cuando él más la amaba.

Fran asintió con la cabeza, haciéndole entender que estaba de acuerdo con ella. Luego continuó:

—El tercero —me dijo mi abuelo— es el definitivo y también el verdadero. Este amor será el que te produzca paz; el que sin apenas darte cuenta irá centrando tu vida. Este amor verdadero vendrá de la mano del cariño incondicional. Es el amor omnisciente, porque conoce todas las virtudes y cada uno de los defectos de la pareja. No se basa esencialmente en lo físico, aunque sabe apreciarlo, pero busca valores más profundos. Es el amor que admira y se entrega de forma incondicional. Al mirar cada mañana a esa persona, sabrás que es la o el indicado para darle tu presente, entregarle tu futuro y regalarle hasta el último suspiro.

—Es bonito el discurso de tu abuelo, pero ¿qué quieres decirme? —el gesto de Sofía combinaba pesadumbre con perplejidad—. No logro entenderte.

Con delicada paciencia, Fran explicó:

—Tu hijo vio hundirse su primer amor cuando la chica de la que estaba enamorado le dejó; ahora siente que ha encontrado el amor definitivo en este grupo al que llama *La Causa*.

—¿Tal vez por eso me ignora de una manera tan descarada? —lamentó la mujer.

—Tal vez —admitió Fran—. Dicen que cuando te enamoras de la luna dejas de fijarte en las estrellas.

—Y yo soy esa estrella que para mi hijo se ha apagado...

—No alimentes ese pensamiento, Sofía, por favor —le rogó—. Si tú eres una estrella, debes ser la más luminosa del firmamento

—se arriesgó Fran con el elogio—. Fuiste capaz de dar luz en las tenebrosas noches que te ha tocado vivir.

La mujer agradeció el cumplido con una sonrisa y luego se sumió en una profunda reflexión.

MATEO SE APUNTA UN TANTO

—Bueno, chicos, hay mucho que hacer —dijo Fabián, incorporándose de su asiento, y dando por concluida la reunión.

—Solo una cosa —era Mateo quien hablaba, y su intervención, por inusual, pilló a todos por sorpresa—. Aprovechando que Fabián nos ha pedido ganar adeptos, quiero hablaros de ese muchacho que llegó hace poco tiempo, me refiero a Daniel, ¿lo conocéis?

—Por supuesto —respondió Fabián—. Dani es una joya... siempre dispuesto para trabajar a favor de *La Causa*. Ojalá tuviéramos muchos como él.

—Hay que reconocer que responde de maravilla —admitió Salva—. Nunca pregunta, solo obedece.

—Pues quería recordaros que fui yo quien lo captó en la calle —puntualizó—. Le vi salir de una panadería, y rápido me di cuenta de que el chico no estaba bien, así que lo invité a venir a nuestra reunión.

—¡Ya te apuntaste el tanto! —replicó Salva con cierta mordacidad—. Chico, vive tranquilo, ninguno de nosotros pensaba robarte tu pieza.

—Bien hecho, Mateo —le felicitó el líder—. Y ustedes —miró a los demás—, tomen nota e imítenlo.

—El chico salía del comercio —Mateo explicaba su hazaña— con su barra de pan bajo el brazo, y una cara que daba lástima. Lo llevé a una cafetería y lo invité a una suculenta merienda —mintió—. Allí labré el terreno para asegurarme que vendría al encuentro.

—Por cierto —señaló Fabián—, debo decirte que con Dani tengo altas expectativas. Algo me dice que tiene madera para lograr mucho con él.

Mateo, mucho más motivado al estar seguro de que ya nadie le quitaría el crédito de haber captado al nuevo, no añadió nada más. En realidad Mateo adolecía de una precaria autoestima. Había logrado amasar una mediana fortuna con los negocios que hacía como contratista en proyectos de construcción. Era hábil trabajando el cemento y el ladrillo, y tuvo bastante suerte con algunas inversiones que hizo, pero no destacaba por su cultura. Era conocido por el grupo que Mateo era incapaz de escribir una frase, en el idioma que fuera, sin abundantes y notables faltas de ortografía, y, como alguien dijo refiriéndose a él: "Su incultura es igualmente universal en todas las materias". Su mecanismo de defensa era producir dinero, y la tarjeta de presentación con la que había logrado una posición de privilegio en la causa, eran los billetes de quinientos euros que repartía con prodigalidad.

—¡Se levanta la sesión! —dijo Fabián, palmeando la mesa. Todos se incorporaron y abandonaron la oficina.

Nadie fue consciente de Felipe que, silencioso, observaba a Fabián con un gesto en el que se combinaban ira e indignación.

LA CONVICCIÓN DE SOFÍA

Sofía reflexionaba en todo lo que Fran le había dicho. Tras varios segundos de silencio, como volviendo en sí, replicó:

—¡No, Fran!, no creo que mi hijo esté enamorado de esa gente; en esto te equivocas. Son ellos los que parecen locos por Daniel —la preocupación afilaba las palabras de Sofía, confiriéndoles un tono áspero y cortante—. Lo necesitan hasta para respirar; no le dejan ni a sol ni a sombra.

El rostro de Sofía mostraba un gran cansancio. Su cabello en algún momento fue rubio, pero ahora prevalecía el color gris, lo mantenía largo y descuidado, lo que incrementaba el aspecto de abandono y la hacía parecer mucho mayor de los treinta y ocho años que tenía. Las manos, de palma fina y dedos largos, se veían castigadas por las largas horas de duro trabajo. Solo los ojos verdes recordaban la belleza que esa mujer un día exhibió. Seguía siendo alta, pero ya no esbelta como cuando lucía una cintura muy fina. El día en que su marido la abandonó, esgrimió como excusa: "Has dejado de cuidarte. No eres ni una sombra de la mujer con la que me casé".

Cuando él cerró la puerta, afuera quedaron todas las ilusiones, metas y sueños de Sofía. Era cierto que se casaron obligados por las circunstancias cuando ella quedó embarazada con tan solo diecisiete años, pero había aprendido a amar a aquel hombre. Ahora, abandonada por él, decidió abandonarse también. Aunque sus manos eran delgadas, al igual que sus brazos, el riguroso desajuste que llevaba en la comida propició unas caderas, cintura y glúteos demasiado prominentes.

En las comisuras de sus ojos nacían unas arrugas que se extendían casi hasta las orejas. Cada uno de esos pliegues llevaba impreso el nombre de Daniel. Y de él siguió hablando:

—Esa gente ha perdido la cabeza con mi hijo. Daniel es tan encantador que los ha enamorado.

—Sofía, escúchame —pidió el doctor, consciente de la importancia de que la mujer tuviera los conceptos claros—. Dani se ha enamorado, pero no de una persona, ni siquiera de una causa; se ha enamorado de las sensaciones que esos ideales le producen. Y el amor es ciego... rematadamente ciego. Mi tesis doctoral versó sobre la manipulación psicológica y emocional —explicó—. El manipulador finge un amor desorbitado con el objetivo de cautivar a la víctima. Pero lo cierto es que no la ama, solo la quiere.

El psicólogo guardó silencio y pronto añadió:

—La víctima, especialmente cuando sufre de desnutrición emocional, se deja querer y responde con amor, porque cuando los odios andan sueltos, uno ama en defensa propia.

—Bonito poema, pero ¿de qué me sirve? —la respuesta de Sofía sonó irritada e irritante.

Francisco adoptó un gesto serio para explicar:

—La estructura emocional temprana de Daniel fue dinamitada cuando su padre os abandonó. Tú lograste rehacerla con grandes dosis de amor, pero entonces llegó el abandono de Vanessa, explosionando la todavía endeble estructura —miraba Fran a Sofía, intentando calibrar el efecto que provocaban sus palabras—. La precaria situación emocional de tu hijo lo convirtió en presa fácil para quienes simulan amar con el objetivo de captar adeptos a los que transforman en recurso humano gratuito... mano de obra barata —el doctor Francisco Torres lo dijo en tono afable y desbordante de empatía, pero también con firmeza—. Encontraron en Daniel a alguien con la autoestima destruida.

—La partida de su padre fue un golpe terrible para él —reconoció la mujer—. Sé que durante mucho tiempo pensó que su papá se marchó porque no lo quería como hijo. Me costó meses convencerlo de que fue al contrario, si su papá retrasó años su partida fue porque no quería separarse de él.

—Y el abandono de Vanessa supuso un aguacero sobre un terreno ya empapado. El barrizal resultante fue espantoso —aventuró Fran.

—Es cierto, pero eso no me hace admitir que mi hijo haya enloquecido por haber conocido a esa dichosa *Causa*... Ellos lo tienen sujeto, porque no pueden prescindir de él.

—Se ha enamorado de esa *Causa*... —insistió Fran—. El enamoramiento y la fascinación suelen provocar una ciega admiración.

—¿Otro poema? —Sofía resopló con fastidio—. Discúlpame, Fran, pero no estoy para versos; no hoy... me siento demasiado preocupada por Daniel.

El doctor se acodó en la mesa, entrelazó los dedos de ambas manos y posó su barbilla sobre los pulgares. Por unos segundos se instauró el silencio. La mujer tomó su taza de café, ya completamente helado, y lo apuró de un sorbo. El ruido que hizo al depositarla sobre el plato fue mayor de lo que hubiera deseado.

—Fran, ¿estás ahí? —se sintió incómoda por el mutismo del doctor—. Dime, ¿hay algo que podamos hacer? —no sonó a pregunta, sino a súplica.

—Estoy aquí, por supuesto, solo estaba pensando... Y ¡claro que hay algo que podemos hacer! —imprimió a su respuesta todo el optimismo posible—. Tranquila, Sofía, Daniel es un chico inteligente.

—¿Qué harás para ayudarlo?

—Dame tiempo —pidió—. Pronto te dejaré saber.

El empleado que los atendía dejó sobre la mesa una pequeña bandeja con la cuenta. Ambos tendieron la mano, pero Sofía alcanzó la nota antes que Fran, la miró y depositó en la bandejita metálica un billete de veinte euros.

VANESSA

El sonido del teléfono sobresaltó a Daniel mientras dormía. Forcejeando con el sueño alcanzó a ver los dígitos rojos del reloj que, sobre su mesita de noche, anunciaban las diez y treinta y tres minutos de la mañana.

Se frotó los ojos y volvió a mirar. ¡No, no había visto mal!

—¿Cómo es posible que aún esté durmiendo? —se dijo, sintiéndose fatal por haber desperdiciado más de media mañana.

El subconsciente acudió en su ayuda recordándole que la noche anterior estuvo atendiendo temas de *La Causa* hasta bien entrada la madrugada. Se ocupó de toda la logística relativa a un encuentro especial que celebrarían el domingo: adecuar el salón donde se llevaría a cabo, desde la ubicación de los asientos hasta las pruebas de imagen y sonido, pasando por la ornamentación y escenografía. Todo debía quedar perfecto para evitar cualquier imprevisto de cara al fin de semana. Eran más de las tres de la madrugada cuando por fin llegó a su casa y, sin tan siquiera cenar, se dejó caer sobre el colchón. Afortunadamente su madre dormía cuando él llegó, por lo que no tuvo que enfrentar una nueva discusión por llegar tan tarde.

El sexto timbrazo del teléfono hizo aterrizar a Daniel. Quien llamaba era un número desconocido, no obstante conectó con la llamada:

—¡Hola! ¿Quién es? —hizo un esfuerzo para que su voz no delatase la somnolencia que sentía.

—¡Buenos días, Daniel! Soy Fran. ¿Cómo estás?

Tardó varios segundos en identificar a su interlocutor. Finalmente recordó: ¡Francisco Castellanos! El psicólogo que lo atendió al ser abandonado por Vanessa. Cuando entró en *La Causa* Dani dio por concluida su terapia y borró al doctor de sus contactos, por eso no apareció su nombre en la llamada. Eliminarlo de su agenda fue un acto simbólico con el que daba un portazo a su pasado.

—¡¿Eres Fran?! —la exclamación delató la extrañeza que sentía ante la inesperada llamada—. ¡Cuánto tiempo sin hablarnos!

—Demasiado tiempo. Precisamente te llamo para resolverlo, ¿qué te parece si quedamos para tomar algo? ¡Espera! —pidió el doctor—. Me está entrando una llamada que debo atender, te llamo enseguida.

—Tranquilo... llama cuando quieras.

Tan absorto quedó Daniel que, concluida la breve conversación, mantuvo el teléfono pegado a su oreja mientras su mente lo trasladaba al momento en que conoció a Fran. Fue su salvavidas cuando la chica de la que se enamoró perdidamente, Vanessa, lo abandonó en el océano del desprecio. Aquel rechazo amoroso lo envió de cabeza a las cloacas de la depresión.

Dani puso su iPhone sobre la mesita de noche, se levantó para subir la persiana y volvió a la cama, recostó su cabeza sobre la almohada y cerró los ojos. Los párpados, traslúcidos, permitían ver el sol, mientras su mente lo trasladaba hasta la cafetería donde la conoció: cada tarde acudía a merendar al mismo lugar y siempre pedía lo mismo: café con leche y la especialidad de la casa, bizcocho con arándanos. Su agradecida constitución y la costumbre de combatir el estrés corriendo cinco kilómetros diarios, le permitían esa licencia gastronómica.

—¡Hay ángeles en la tierra! —fue lo que dijo aquella tarde cuando por primera vez la vio.

La exclamación llegó a la pareja que ocupaba la mesa de al lado, quienes rieron al ver como Daniel observaba a la muchacha que, en otra mesa distante, estaba enfrascada en la lectura mientras bebía un zumo de naranja.

No podía apartar los ojos de ella. Cuando la chica se aproximaba la copa a los labios, a Daniel se le antojaba una modelo de revista posando para el fotógrafo.

Aprovechó que era cliente asiduo y tenía mucha confianza con el chico que atendía.

—Oye, Óscar —lo llamó—, ¿quién es esa belleza que ocupa la mesa del rincón?

El joven camarero, un ecuatoriano muy atento, le guiñó un ojo.

—Es bonita, ¿verdad?

—Bonita es la Alhambra de Granada. Esa chica es un bellezón. Dime, ¿quién es?

—Se llama Vanessa, y viene aquí con frecuencia.

—¿Que viene con frecuencia? —comentó Daniel sin apartar la mirada de ella—. ¿Cómo es posible que nunca la haya visto?

—Viene por las mañanas —precisó Óscar—. Cada día, a las nueve en punto, tenemos listo su jugo de naranja y una tostada de pan integral con aceite de oliva y tomate.

—¿Todos los días?

—Sin faltar uno —aseguró el muchacho—. Pasa aquí una hora repasando sus notas de la universidad.

—¿Es profesora?

—¡No! Es estudiante.

—¿Qué es lo que estudia?

—Creo que Sociología —le dijo el joven mientras se retiraba para atender a otro cliente que lo llamaba.

Desde ese momento Dani se hizo asiduo de las mañanas. Averiguó qué asignaturas se estudian en el grado universitario de Sociología, y aunque las materias no le interesaron en lo más mínimo, ella le interesaba demasiado, así que compró varios tomos específicos y a las nueve menos diez ocupaba una mesa cercana fingiendo que leía, y procurando que las portadas de los libros quedasen en el campo visual de la chica. Tres mañanas fueron suficientes para que Vanessa se acercase.

—Perdona que te interrumpa —le dijo con mucho pudor—. ¿Estudias Sociología?

—¿Eres adivina? —respondió Daniel fingiendo sorpresa.

—¡Claro que no! —rio ella—. Simplemente sé leer —señaló al libro que el chico sostenía en su mano—. "Fundamentos de la Sociología", de Miguel Ángel Martínez, es lo primero que te mandan leer en la facultad.

—Te llamas Vanessa, ¿a que sí?

—¿Eres adivino? —rio al devolverle la pregunta.

—Lo soy —dijo, aparentando mucha más seguridad de la que sentía—, y estoy adivinando que este es el principio de una bonita amistad...

Esa mañana compartieron mesa y lectura por unos minutos, pocos, pero suficientes para confirmar que volverían a verse al día siguiente.

Zumo de naranja para ambos y a conversar sobre los temas que a ella le interesaban:

—Desde muy jovencita supe que quería estudiar Sociología...

—¿Desde muy jovencita? ¿Acaso fuiste alguna vez más joven y bonita que ahora?

Dani no perdía ocasión de desplegar sus armas de seductor, pero Vanessa estaba decidida a mantener centrada la conversación, así que le preguntó:

—¿En qué curso estás?

—¿Eh? —esa pregunta no se la esperaba. Ni siquiera tenía idea de en cuántos cursos se desarrollan en un grado universitario—. ¿Cómo dices? —quiso ganar tiempo para pensar su respuesta. Nunca tuvo la posibilidad de estudiar; el abandono del padre a edad temprana lo obligó a trabajar siendo aún muy joven. Hasta que su madre, preocupada por el futuro de su hijo, se empeñó en que preparase oposiciones.

—Te preguntaba qué año cursas en la universidad —insistió.

—Bueno... este... este es mi primer año —y decidió presumir de juventud—; solo tengo veintiún años. No tienes que decirme tu edad si no quieres, por cierto, ¿te dije ya que eres muy bonita?

—Yo estoy en el tercer año —la chica no cedía ni un milímetro—. Tengo veintitrés años, por lo que al parecer empezamos a estudiar la carrera a la misma edad.

—¡Qué lástima no haber comenzado el mismo año compartiendo aula! —dijo Dani.

—Por fin he llegado a mis asignaturas favoritas —explicó Vanessa—. Siempre me apasionó la psicología social, y me divierto analizando los diversos métodos y técnicas de investigación de la sociedad. Por cierto, nunca te he visto por el campus.

—Bueno... es que... —su mente trabajaba a velocidad de vértigo buscando respuestas. Le vino a la memoria que una vez alguien le dijo que estudiaba una carrera a distancia... ¿cómo se llamaba aquella universidad? No tenía tiempo de pensar, así que respondió escuetamente—: estudio a distancia...

—¡Ah! ¿Estudias en la UNED?

—Ahí mismo —suspiró aliviado—; aunque te aseguro que si pudiera compartir pupitre contigo, me inscribía ahora mismo en tu facultad —su madre tenía razón cuando le decía: "Hijo, tienes respuesta para todo".

—La Universidad Nacional de Educación a Distancia (UNED) es buena opción —respondió ella, evadiendo de nuevo el acercamiento.

—¿Sociología tiene salidas laborales? —inquirió Daniel algo decepcionado por la frialdad que ella mostraba.

Vanessa amusgó los ojos:

—¿Quieres decirme que te metiste a estudiar un grado de cuatro años sin saber qué opciones de trabajo tiene? —la sorpresa era evidente.

Buuuff —pensó Dani—, *ahora sí me ha pillado.*

Aquella pregunta, sumada a la escasa argumentación de Daniel cuando conversaban sobre la carrera, fueron para Vanessa señales de alarma bastante elocuentes. No obstante mantuvo la conversación.

—¿No conoces qué puertas puede abrirte estudiar Sociología?

—Bueno... en realidad... —Daniel se quedó bloqueado y su único acierto fue guardar silencio.

—Gerente de recursos humanos —le explicó ella—, docente, trabajador social, periodista, investigador de mercados... ¿quieres que siga?

—¿Y amigo especial? —Dani volvió a la carga—. ¿Estudiar Sociología me puede abrir la puerta a ser tu amigo especial?

Él mismo se dio cuenta de lo intenso que resultaba, y no pudo evitar recordar las muchas veces que sus escasos amigos le decían: "Eres infatigable, Dani, pero fatigas a cualquiera. Resultas más pesado que llevar un elefante en brazos".

—Dime —persistió el agotador Dani—, ¿la Sociología puede tener como salida ser tu amigo especial?

Vanessa sonrió, llevando la barbilla de hombro a hombro en una firme negativa.

Pero siguieron viéndose en la cafetería. Pocas semanas después e ingeridos muchos litros de zumo de naranja, Dani logró derribar la resistencia de Vanessa.

—Está bien... —fue su respuesta a la enésima invitación que Dani le extendió para salir juntos una tarde, ya sin zumo de naranja ni cafetería—. Quedemos para pasear en el Parque del Buen Retiro —propuso ella.

Esas palabras tuvieron una resonancia celestial en el corazón de Dani. Era la primera vez en sus veintiún años de vida que saldría a solas con una chica que no fuera su madre o alguna de sus primas. Este era su primer amor, y las sensaciones que le provocaba eran tales que anhelaba que fuera eterno.

El paseo duró tres horas, aunque a Dani le parecieron diez minutos. Ni el frío ni la lluvia lograron atenuar la atmósfera cálida que envolvió al joven. Las ramas de los árboles, todavía desprovistas, se unían unas con otras, logrando formar un muro en las lindes del camino. En ocasiones, los gorriones y petirrojos se aventuraban a dejar la seguridad de los árboles, posándose en el suelo ladeaban sus diminutas cabecitas, escuchaban y luego volaban de nuevo hacia las protectoras ramas.

"El amor eterno dura seis meses", dicen por ahí. Y en el caso de Daniel fue literal. Un frío y lluvioso 6 de febrero Vanessa y Daniel dieron su primer paseo, y en la radiante y soleada tarde del 5 de agosto, Daniel se acercó a ella para coger su mano, y ese contacto no la hizo temblar como la primera vez. La fría y delgada muñeca se prestó con sumiso silencio a su apretón y Daniel sintió cómo el pequeño martillo del pulso de Vanessa latía sin acelerarse, casi con indiferencia.

Luego ella pasó la tarde hablando de trivialidades, sin emoción alguna.

En la mañana del 6 de agosto, mientras él desayunaba su acostumbrada tostada con aceite de oliva y aguacate, la pantalla del móvil se iluminó con la llegada de un mensaje: "Prefiero que no volvamos a vernos".

Brilló el teléfono de Dani y se apagó su vida. Vanessa lo dejaba.

En realidad no fueron necesarias muchas salidas para que una apasionada de la Sociología detectase que Daniel no había estudiado una sola materia, ni jamás había leído a Miguel Ángel Martínez. Se sintió engañada, y junto a la pérdida de la confianza también se perdió el interés.

Lo dejó.

Daniel le había entregado su corazón y ella lo quebró como si fuera de cristal. Hizo trizas su autoestima. El abandono de Vanessa trajo hediondos aromas del pasado, cuando la puerta de su casa se cerró ocultando de su vista a su padre... Y hasta las ganas de vivir se le fueron.

Esa misma tarde del 6 de agosto acudió al parque de la primera cita. Los árboles exhibían sus copas frondosas y el muro que formaban delimitando el camino era verde y exuberante. La delicada brisa venía impregnada del jazmín, de las rosas y de las violetas, pero Daniel sintió, bajo el radiante sol del verano, un frío que le entumecía el alma. El viento no era fuerte, más bien una cálida brisa, pero cada ráfaga de aire le producía nuevos escalofríos.

Incapaz de soportar los recuerdos, regresó a su casa y permaneció durante horas sentado en el salón, aguardando. ¿Aguardando qué? Una llamada telefónica de Vanessa. ¡Cómo anhelaba esa llamada!

La estancia se fue oscureciendo. Debía encender alguna luz; pero, de alguna manera, el esfuerzo resultaba demasiado grande. Salió la luna. Brillaba a través de los encajes de las cortinas, arrojando un rayo parecido a una telaraña sobre la pared.

Sus tardes en la cafetería se vieron reemplazadas por visitas al psicólogo. Y aquí apareció Francisco: las citas con Vanessa pasaron a ser terapias con él; afortunadamente resultaron lo suficientemente efectivas como para que Daniel lograse retomar la vida. Incluso lo motivó a estudiar.

—He observado que te apasiona la literatura —le dijo Fran un día—. Debes llenar tu tiempo y tu cabeza con algo que te ilusione. ¿Por qué no estudias?

—¿Estudiar? —titubeó por un momento—. Tal vez...; pero ni me menciones un grado en Sociología.

—¡Ja, ja, ja...! Celebro que puedas bromear con eso —replicó Fran—. Es muy buena señal. Creo que lo que debes estudiar es literatura.

Aceptó la sugerencia de Francisco y se inscribió en un grado de Lengua y Literatura Española.

Una de las claves para la efectividad de las terapias que Fran impartió fue el equilibrio que el terapeuta mantuvo entre cuerpo, mente y espíritu: cada una de esas áreas recibía un tratamiento adecuado. Francisco creía en la necesidad de cuidar el ser integral, por lo que saludables valores espirituales impregnaban la terapia y la Biblia tenía un papel central en sus encuentros.

Recibió tratamiento durante varios meses, y ahora habían transcurrido más de siete desde la última vez que se vieron, justo el tiempo que Daniel llevaba enrolado en *La Causa*.

¿CONFIANZA O INTROMISIÓN?

El timbre del teléfono trajo a Dani de regreso a la cama desde la que llevaba casi veinte minutos repasando su historia más reciente. Algo aturdido, y con el ánimo revuelto por la intensidad de los recuerdos, tendió la mano y tomó el teléfono; era Fran de nuevo.

—Disculpa que antes tuve que cortar la llamada —se excusó el psicólogo—. Era un paciente que necesitaba ayuda urgente.

—No te preocupes —respondió Daniel.

—¿Y bien? —le dijo—. ¿Quedamos para tomar un café y ponernos al día?

Daniel revisó mentalmente su agenda de la jornada. Era más que extraño, pero *La Causa* lo había dejado libre hasta el encuentro de la noche.

—Te invito a tomar un café después del almuerzo —le apremió Francisco.

—Acepto —dijo Daniel.

—¿En nuestro lugar habitual?

—Perfecto. En "Buraioni", como en los viejos tiempos.

—¡Estupendo! —afirmó Fran—. Como en los viejos tiempos.

Cuando concluyó la llamada, Dani se sintió bien. En algún rincón de su mente pugnaban por resurgir los buenos recuerdos, sacudiéndose la arena con que los había enterrado. Pero apenas hubo cortado la comunicación lo invadió una sospecha: "Esta llamada no fue por iniciativa del *doc*. Alguien le ha pedido que llame y hay muchas posibilidades de que la idea haya sido de mamá".

Últimamente no cesaba de agobiarle con quejas por su vinculación con *La Causa*: 'Daniel, hijo, me preocupan esas cosas que te han metido en la cabeza —le decía Sofía constantemente—. Desde que entraste *en eso* ni nos vemos, ni hablamos. Además, has descuidado los estudios".

"No importa si le han pedido que me llame o fue por propia iniciativa —se dijo—. Aprovecharé la quedada para invitar a Fran a que se una a *La Causa*.

Saltó de la cama y fue al baño, donde se dio una ducha tibia, dejando que el agua corriera sobre su cuerpo durante casi cinco minutos. Era uno de sus momentos favoritos del día. Salió de la ducha, se envolvió en una toalla y con el rostro aún húmedo comenzó a aplicarse la crema de afeitar; en ese momento sonó su teléfono y la pantalla del móvil se iluminó con un nombre familiar.

—¡Fabián! —exclamó asombrado—. ¡Qué extraño que el líder me llame! ¡Vaya honor inesperado!

Se miró al espejo; parecía un falso Papá Noel con la cara embadurnada de espuma blanca. No podía acercarse el teléfono a la oreja, así que activó el altavoz y respondió:

—¡Hola Fa! —saludó con alegría al carismático líder de *La Causa*.

—¡Daniii! —Fabián alargó la última vocal—. ¿Cómo está mi futuro ministro?

—Aquí, a punto de afeitarme...

—¡Eso está genial!, porque te necesito presentable a primera hora de la tarde. Ha surgido un imprevisto para el que necesito a mi hombre más capaz.

Daniel reflexionó un instante.

—¿A primera hora de la tarde?

Debió preguntarlo temeroso, pues Fabián se apresuró a añadir:

—Sí, pero te tomará poco tiempo, con la capacidad de trabajo que tú tienes, en un par de horas, a lo sumo tres, lo habrás resuelto.

—Sí, pero... —balbuceó al aparato.

—¿Qué ocurre, Dani?

—Créeme que lo lamento, Fabián —aplicó a su voz el tono más pesaroso posible—, pero tengo un compromiso.

—¿Un compromiso? —la voz de su interlocutor perdió amabilidad y cobró dureza—. ¿Es que tienes compromisos más importantes que *La Causa*?

—He quedado con un amigo a quien no veo hace meses y...

—Nuestro proyecto requiere de una implicación absoluta —interrumpió Fabián—, y eso supone desplazar todo lo demás.

Un pesado silencio se creó en la línea telefónica. Daniel se apoyó en la repisa del lavabo con ambas manos.

—Si lo hubiera sabido antes no habría quedado con nadie.

—¿Entonces no cuento contigo? —no era una pregunta, sino un afilado reproche—. Hay muchos deseando que los llame para colaborar, pero quise darte a ti la oportunidad.

De nuevo el pesado silencio se instaló entre ambos. Duró al menos cinco segundos.

—Está bien, Fa —concedió Daniel—. Cuenta conmigo.

—De acuerdo —no sonó agradecida la voz del líder, más bien decepcionada. Obviamente Fabián había esperado un sí a la primera—. Nos vemos en la sede. No te retrases.

—Gracias por confiar en mí... —añadió Daniel, intentando atenuar la frialdad.

No hubo respuesta. Escuchó todavía durante unos segundos. Nada, ninguna respuesta, Fabián había colgado.

Mecánicamente pulsó el botón de bloquear el teléfono, pero no tomó la cuchilla para iniciar su rasurado. Se llevó ambas manos a la frente. Aquella llamada obró un efecto fulminante y sentía entre las sienes unos fuertes latidos, como si un martillo le esculpiera implacablemente dentro del cráneo las palabras: "¡*La Causa* requiere desplazar todo! ¡Desplazar todo lo demás! ¡Desplazarlo todo!".

Con los dedos índice y corazón de ambas manos aplicó una leve presión en las sienes y se dio un masaje con movimientos circulares. Algo más aliviado inició su afeitado, pero le embargaba una extraña sensación: por primera vez se sintió invadido en su vida personal, incluso manipulado; sin embargo desechó la idea rápidamente. Fabián lo hacía todo por el bien de *La Causa* y eso era loable. Además, confiaban en él, por eso lo citaban, y eso suponía un elogio que debía apreciar. No era normal que Fabián llamase a alguien; normalmente se ocupaban de esas cosas los subordinados, pero a él lo había llamado directamente el líder.

Sin tan siquiera terminar de rasurarse, mandó un wasap a Francisco; un mensaje escueto y casi frío: "Surgieron imprevistos, nos veremos otro día". Sus compañeros le habían enseñado a no dar demasiadas explicaciones a quienes eran ajenos a *La Causa*.

—Cuanto menos te vincules con los de afuera, mejor —le advirtieron—. Aquellos que reman con nosotros no necesitan tus explicaciones, y los que no están de nuestro lado nunca las entenderán.

Sacudida la posibilidad de que en *La Causa* estuvieran utilizándolo, otra sensación —y esta más incómoda aún— se instaló en su conciencia: la culpa.

¿Cómo pudo cuestionar una orden de su abnegado líder? ¿Por qué no aceptó a la primera? ¿Minaría eso la confianza que tenían en él? ¿Volverían a convocarlo para nuevas misiones?

Concluyó su afeitado y se aplicó el *after shave*; lo hizo con movimientos enérgicos para que penetrase bien en los poros y luego se dio leves cachetes para estimular la circulación sanguínea. Enseguida redactó otro wasap; en este caso lo elaboró con sumo cuidado y se extendió en los detalles:

"Fabián, te pido perdón por mi indecisión cuando me llamaste. No debí haber dudado ni un instante de acudir a tu convocatoria. Es que había quedado con un antiguo amigo a quien pensaba hablarle de *La Causa*, pero ya cancelé mi cita con él. Ustedes son lo primero, lo segundo y lo tercero".

Una vez lo hubo enviado aguardó inútilmente una respuesta.

Fue esa la primera vez que sintió el duro látigo del silencio. No obstante disculpó al líder. "Debe estar muy ocupado, por eso no puede escribirme —reflexionó—. Es admirable, siempre está trabajando a favor de *La Causa*".

No lejos de allí, Fabián leía el mensaje y sus labios perfilaban una sonrisa socarrona. Dejó el teléfono al lado y dio un nuevo sorbo a su refresco helado. Nada mejor que una bebida fría mientras se relajaba a la sombra del olivo que él mismo había plantado en el jardín de su casa.

FRAN CON DANIEL

Transcurrió bastante tiempo antes de que Fran y Dani pudieran verse. De un lado estaba la sobrecarga de trabajo con que *La Causa* tenía sometido a Dani, y de otro la poca voluntad que este ponía en verse con su antiguo doctor. Hablar con Fran suponía regresar a un episodio oscuro de su vida; enterrar sus pies en un barro que no le apetecía en absoluto pisar, pero finalmente cuadraron una fecha.

Fran lo recibió en su consulta, y tras el saludo e intercambio de frases protocolarias, fue directo al preguntar:

—¿Cómo estás, Dani? Por cierto, ¿quieres un refresco? —giró su silla para abrir la puerta de un mueble—. Tengo aquí una pequeña nevera con provisiones. Te recomiendo zumo de naranja.

Dani le miró con ojos muy abiertos.

—¿Zumo de naranja? ¡Lo que sea menos eso! —rio al decirlo—. ¿Ya olvidaste que esa fue la pócima con la que me intoxicó Vanessa?

—¡Perdona, chico! Lo había olvidado —también rio Fran, y puso frente a Dani una lata de Coca Cola y un vaso con hielo—. Cuéntame, ¿qué tal te sientes?

—Jamás me he sentido mejor —exageró el chico mientras tiraba de la anilla para abrir el refresco—. Nadie me ha ayudado como ellos, y en ningún lugar encontré lo que allí he hallado.

El doctor mantuvo la mirada en el chico que, con gesto engreído, vertía el refresco en el vaso. Fran respiró profundamente, haciendo un gran esfuerzo para no sentirse agredido por la impertinente respuesta de aquel muchacho al que había dedicado infinidad de tiempo y su mejor atención, muchas veces en horario intempestivo. Ni una sola palabra de gratitud. "Nadie me ha ayudado como ellos…". Decía Dani ahora.

—Quiero que sepas que me alegro sinceramente de que estés bien —repuso el doctor—. Tu bienestar es una buena noticia para quienes te apreciamos.

Como Dani guardó silencio, Fran decidió provocar una respuesta.

—Supongo que sabes que tu madre está preocupada por la gran implicación que tienes en esa entidad en la que entraste.

—¿Mi madre? —adoptó un gesto burlón—. Ella no es capaz de entender que por fin encontré algo que me llena. Si de verdad me amase estaría feliz de verme a mí feliz. Por cierto —desbordaba suficiencia—, eso a lo que llamas "entidad", es *La Causa*, y si muchos la abrazaran el mundo iría mejor. Si mi madre pudiera entender eso…. pero ella no entiende, además…

Ahora sí, Francisco detuvo con firmeza el insolente discurso de Dani.

—Disculpa que te interrumpa —alzó su mano derecha con la palma de la mano hacia Dani—, pero me duele el desprecio con el que hablas de Sofía. ¿Te has oído? Dijiste de tu madre: "Si de verdad me amase…". ¿Acaso dudas de que ella te ame? Cuidó de ti cuando estuviste destruido; no te dejó ni a sol ni a sombra durante los días en que valorabas el suicidio. Se pegó a ti como una segunda piel. Yo la vi en qué estado llegó a esta consulta pidiendo ayuda… ¡ayuda para ti!, aunque ella la necesitaba incluso más que tú.

—Pero es que ella no comprende que…

—Me vas a escuchar —volvió a interrumpir el doctor—. Vi a tu madre desesperada suplicando que te sacásemos del pozo donde te hundías. Ella ahora trabaja de sol a sol para pagarte unos estudios que has abandonado totalmente. Entregó su vida para sacarte adelante después de ser abandonada por su marido. Y ahora sigue a tu lado, soportando tu indiferencia, sin dejar de cuidarte aunque la ignoras, y entregas cada minuto de tu vida y todo tu esfuerzo a unas personas a las que acabas de conocer y que no hacen por ti otra cosa que ponerte a trabajar para ellos; mientras tanto tu madre sigue trabajando para que no te falte de nada, y en las noches te espera preocupada y en dolorosa soledad.

Fran apreció en los ojos de Dani que las verdades que acababa de decirle dieron en la diana, pero el chico no lo aceptaría fácilmente. Como no tenía respuesta, optó por el mutismo. Tras aguardar en vano alguna reacción, Fran inició un relato que dejó a Dani bastante perplejo.

—Se cuenta que en una reunión de sentimientos, la locura invitó a todos a jugar a las escondidas. Todos fueron encontrados rápidamente, excepto el amor, que permanecía escondido. Por fin la locura lo vislumbró detrás de un rosal y corrió hacia él para descubrirlo. En el impulso, enterró sin querer las espinas de un tallo en los ojos del amor, dejándolo ciego. La locura, sintiéndose responsable, prometió que desde entonces acompañaría siempre al amor. Así nace la expresión "el amor es ciego y la locura siempre lo acompaña".

—Doctor Castellanos —la irritación en Daniel subió de grado, pero decidió camuflarla bajo un embozo de sarcasmo—. ¿Le importaría dejarme saber adónde quiere llegar con esta historia? No alcanzo a entender lo que intenta decirme.

Fran quedó desconcertado ante la mordacidad del joven. No obstante sonrió para decirle:

—Solo intento hacerte ver que estás en una posición vulnerable que entraña severos riesgos —guardó tres segundos de silencio, al cabo de los cuales añadió—: Cuando estamos enamorados, el cerebro crea una tendencia a desactivar los mecanismos de alerta asociados a la valoración negativa del individuo. Las sensaciones de cautivarnos por una "causa" —hizo el signo de entrecomillado con los dedos índice y corazón de ambas manos— son idénticas al enamoramiento hacia una persona. ¿Nunca oíste hablar del baile entre el escultor y la arcilla?

—No sé de qué me habla —siguió con su sarcasmo y tratándolo de usted para marcar distancia.

—El escultor somete a la arcilla a una agradable danza, donde la acaricia y mima, pero en realidad la está modelando a su voluntad —y explicó—: Determinados grupos esculpen el cerebro de los adeptos, y estos no se dan cuenta, porque la danza les resulta agradable. Es importante que tu cerebro no lo esculpan terceras personas, de acuerdo con sus intereses particulares y mediante la intromisión. Debes esculpirlo tú con la madurez y sabiduría necesarias, de modo que tu cerebro sea un organismo saludable. En este momento el enamoramiento te ciega, y no eres objetivo para calibrar el daño que ese tipo de asociaciones puede hacerte.

—¿Ahora tienes un consultorio sentimental? Creí que eras psicólogo —interrumpió—. Escucha, Fran, creo que te has equivocado de paciente, ni estoy iniciando un noviazgo, ni tengo previsto hacerlo en los próximos ciento veinte años.

—Escúchame tú, Dani, lo que intento decirte es que el cerebro actúa igual cuando la atracción se siente hacia una persona o hacia una causa: inhibe los mecanismos de alerta —advirtió Castellanos—, es decir, anula en el objeto de la fascinación todos aquellos atributos que podríamos considerar nocivos o desagradables —percibió el doctor que su último alegato había sonado demasiado abstracto, por eso lo aclaró—. Cuando una persona o una causa nos enamora, nuestro cerebro es incapaz de ver los puntos negros, solo aprecia el colorido, por eso nos es mucho más difícil evaluar correctamente a aquel o aquello de lo que nos sentimos cautivados.

—No termino de entender.

—Dani, cuando algo o alguien nos cautiva, nuestro cerebro lo maquilla, convirtiéndolo en un compendio de virtudes donde no hay ni un solo defecto. Lo idealizas hasta límites peligrosos. Por eso se recomienda que la incursión en tales terrenos se haga lenta y progresivamente, sin saltos al vacío o compromisos irrevocables. Cautela, paso a paso, no realices una inmersión total en lagos cuyas profundidades desconoces.

Cuando Fran concluyó su argumentación supo de inmediato que Dani no lo había recibido con agrado. Los ojos del chico adelantaron el agrio mensaje que enseguida cruzaría la compuerta de sus labios:

—Hablas muy bien, Fran, pero no tienes ni idea de lo que *La Causa* está aportando a mi vida. Si quieres conocerlo, acompáñame a uno de los encuentros, si no es así, al menos no me atormentes con conferencias tan siniestras —se levantó; dejó su refresco a medias—.Te lo agradezco, de verdad. No quiero parecer ingrato, me fuiste de gran ayuda en el pasado, pero ya no necesito tus consejos.

Ni una palabra más, ni un intento de despedirse con cortesía. Francisco observó cómo Daniel tomaba un último sorbo de su refresco y mirándole con descaro se levantaba de la silla y salía de la oficina sin tan siquiera cerrar la puerta al marcharse.

El doctor movió la cabeza de lado a lado; no podía quedarse de brazos cruzados. Se estremeció al calcular los riesgos a los que ese chico se exponía, paseando al borde del despeñadero, totalmente ciego. La frase atribuida a Voltaire revoloteó en su mente: "Cuando el fanatismo ha gangrenado el cerebro, la enfermedad es casi incurable".

—Debo actuar antes de que sea tarde —se dijo a sí mismo.

OPERACIÓN REPUESTO

Transcurrieron varios meses en los que Dani, cada vez con más fervor, siguió implicándose en *La Causa*. Allí discurría toda su vida, sin otras relaciones que los adeptos, ni más vida social que la que desarrollaba dentro de la organización.

Aquella noche llegó a la sede mucho antes de que empezase la reunión. Era costumbre en él. Llegar puntual era llegar tarde, había que estar mucho antes por si surgía alguna cosa en la que deba ayudar.

—¡Daniii! —la palmada que Fabián le dio en la espalda estuvo cerca de desajustarle las escápulas—. Tengo que hablar contigo de algo importante.

—Cuando tú quieras, Fa.

—Pues, ¿para qué esperar?, hablemos ahora mismo, ven —le tomó del brazo y tiró de él—, pasemos a la oficina.

Le sorprendió ver que en el pequeño cuarto estaban también los otros componentes de la ejecutiva. Tuvo la sensación de que aquel encuentro era premeditado y no casual, como Fabián había intentado que pareciera.

Apenas hubieron tomado asiento, el líder se aclaró la garganta y dijo:

—Dani, debes saber que no es normal que nuestra organización promocione a miembros tan recientes. Solo llevas un año y medio con nosotros, pero desde que llegaste has destacado por tu compromiso con *La Causa,* y eso queremos honrarlo —guardó el oportuno silencio para crear expectación, y a continuación concluyó—. Por los méritos que has venido demostrando hemos pensado en invitarte a formar parte del Consejo Ejecutivo.

Daniel se sintió abrumado. Observó cómo le miraban Salva, Mateo y Hugo.

—Me siento muy agradecido... —las palabras parecían jugar al escondite y no lograba armar una frase. Finalmente reconoció—. No sé qué decir...

—Simplemente di "acepto" —rio Salva.

—Por supuesto que acepto —sentía que sus mejillas ardían—. Acepto encantado. Solo me preocupa no decepcionaros...

—Seguro que no lo harás —Fabián recurrió de nuevo a su gesto favorito: una contundente y sonora palmada en la espalda—. Solo debes seguir poniendo a *La Causa* como lo primero en tu vida, lo demás irá viniendo.

—Gracias, de verdad que estoy agradecido por la confianza.

Miró de hito en hito a los miembros de la ejecutiva, y entonces decidió aclarar algo que desde hacía semanas le venía inquietando. Carraspeó con nerviosismo e inquirió:

—¿Puedo hacer una pregunta?

—Por supuesto —concedió el líder.

—Hace tiempo que no veo a Felipe —titubeó en la continuación—. Me pregunto... me preocupa pensar que...

—¿Qué te preocupa? Suéltalo ya —replicó Salva con impaciencia.

—Quiero decir que Felipe me caía muy bien, y no me gustaría estar ocupando la vacante que él haya dejado al marcharse

—entonces quiso saber más—. No se ha marchado, ¿verdad? Imagino que Felipe está fuera provisionalmente.

—¿El filósofo? ¡Puaj! —el rostro de Fabián se deformó con un rictus de repugnancia—. Gente sin lealtad... es mejor que te olvides de él. Desertó, pero gracias a eso ahora tendrás la oportunidad de sentarte con nosotros.

—Lamento mucho su salida —repuso Daniel con sinceridad—. Me parecía una persona muy preparada y que aportaba mucho a *La Causa*. Lo lamento, de verdad...

Fabián miraba con suspicacia a Dani, y quiso saber:

—¿Has intentado ponerte en contacto con Felipe? —la pregunta solo admitía una respuesta: un "no" rotundo.

—No —complació Daniel—. No le escribí ni le llamé.

—Bien hecho, y ni se te ocurra comunicarte con ese traidor —era una clara amenaza—. Los desertores solo merecen nuestro silencio e indiferencia. ¿Entendiste? ¡Prohibido el contacto con él!

Salva intervino entonces con un fuerte reproche:

—¿El líder te dice que puedes entrar en la cúpula y solo se te ocurre lamentarte por el filósofo?

—Estoy agradecido por la confianza, de verdad, muy agradecido —Dani estaba asombrado por aquel brote de irritación—. Solo que llevaba tiempo queriendo saber de Felipe, y al no verlo ahora... me gustaría saber por qué se ha ido.

—¿Aceptas entrar en el Consejo Ejecutivo sí o no? —Fabián fue cortante.

—¡Sí! —asintió con prontitud—. Claro que acepto.

Aprendió aquel día que no debía hacer preguntas, simplemente acatar y obedecer. Le constaba que Felipe llevaba años sirviendo a *La Causa*, y que lo hizo con lealtad y sacrificio. De los miembros del Consejo era el de talante más cercano, afable y, fuera de toda duda, el más preparado. Dani siempre salió enriquecido de cada conversación que mantuvo con "el filósofo", por eso lo echaba de menos. No entendía el silencio con el que se cubrió su salida. No era el primer adepto con evidente preparación que dejaba el grupo y a Dani le costaba entender que quienes tenían capacidad intelectual, criterio y formación, no durasen demasiado.

Miró a Hugo, siempre en silencio, como un mueble poco decorativo, pero que sabía asentir con la cabeza y aplaudir al líder. De él pasó a Mateo, cuyo mérito se contabilizaba en euros y en su incapacidad absoluta para contradecir a Fabián. Al parecer *La Causa* prefería nutrirse de personas carentes de preparación y totalmente irrelevantes. Gente extraordinariamente sencilla sobre quienes poner cargas sencillamente extraordinarias, y eso los rompía, pero si uno se quebraba, se ponía a otro. La "operación repuesto" era la práctica más común: "quemo a uno y pongo a otro en su lugar". Pero era obvio que eso empobrecía al equipo.

Se estremeció Dani al considerar que estuvieran usándolo para sustituir a Felipe. Ni de lejos tenía la preparación del filósofo, pero le inquietaba también que le asignasen los trabajos "sucios" que le constaba que Felipe tuvo que desarrollar durante mucho tiempo.

COMO GANSOS

—Pasemos a otra cosa —Fabián se dispuso a dar por cerrado el tema de Felipe—. ¿Tenéis algo que comentar?

Ante el silencio de todos, el líder miró a Daniel.

—Tú, Dani, ¿quieres regalarnos algunas palabras como discurso de incorporación?

El ofrecimiento le pilló por sorpresa. Se rascó un poquito la sien derecha, como aguzando a la memoria...

—Pues tal vez sí —dijo para sorpresa de todos—. El vuelo de los gansos.

—¿Cómo? —rio Salva—. ¿Nos estás llamando gansos?

—¡No! —también Dani rio—. El otro día leí un discurso que Ángeles Arrien dio hace muchos años, y que tituló "Lecciones de los Gansos". ¿Puedo decirte algunas lecciones que aprendí?

—¿Por qué no? —Fabián lo dijo en tono de prudente concesión.

—Lección uno —la voz de Dani sonaba trémula, evidenciando la tensión que sentía. Para ganar firmeza decidió recurrir al lenguaje no verbal: levantó su dedo índice, como enumerando—: **Volar juntos.** El grupo de gansos vuela formando una letra "V" casi perfecta. Estudios han demostrado que la bandada entera aumenta en un 71 % el alcance del vuelo con relación al de un pájaro que vuele solo. La moraleja de esta lección es que el compañerismo y el trabajo en equipo son valiosos. La época del "Llanero Solitario" quedó atrás, pues al rodearnos de gente excelente habrá muchas más posibilidades de lograr el éxito.

A medida que hablaba, iba ganando confianza y su voz adquiría firmeza. Tan abstraído estaba en su discurso que no percibió el gesto molesto con que lo observaban los celosos compañeros de equipo.

—**Lección número dos** —alzó sus dedos índice y corazón—: **Mantenerse en línea.** Si alguna vez observasteis cómo vuelan los gansos, habréis visto que es muy raro que uno se salga de la línea de formación, y cuando esto sucede el ganso que rompió la formación aplica toda la energía a sus alas para unirse nuevamente —miró a los compañeros con una sonrisa—. Moraleja de la historia: una vez que se haya establecido un buen equipo de trabajo, es preciso permanecer y trabajar juntos. Sabemos que la convivencia no siempre es fácil y puede haber discrepancias entre los miembros. Por eso me entristeció la ausencia de Felipe...

Fue su gran error: nombrar al ausente.

—¿No te parece que te estás poniendo un poco cargante? —resopló Salva—. Lo que nos faltaba —chasqueó la lengua—. Ya tenemos otro filósofo en el grupo.

Mateo, como abstraído, mantenía su mirada en los carísimos mocasines que calzaba, mientras Hugo, incapaz de ningún comentario propio, rio junto con Salvador.

—Silencio —exigió Fabián—. Escuchemos lo que Dani nos dice.

—**Lección tres** —continuó Daniel alzando los dedos índice, corazón y anular—: **Rotación.** El ganso líder ocupa la posición primera, justo el vértice de la "V", es el lugar más exigente, pues es quien corta el aire. Eso nos enseña que el auténtico líder se caracteriza por servir con ejemplaridad y no por servirse de personas ejemplares.

—¡Un directo al hígado de Fabián! —replicó Salva.

—¡Vaya con el nuevo! —hasta Mateo se atrevió a hablar.

Fabián miraba con fijeza intimidante a Dani, quien continuó el relato:

—Cuando el ganso líder se cansa, se traslada al final de la formación mientras otro asume la delantera. ¿Cuál es aquí la lección? Es importante compartir la carga entre los miembros del equipo. Especialmente quienes ocupan posiciones más exigentes precisan de periodos de descanso. También es necesario asegurarse de que todos los miembros del equipo sean capaces de realizar múltiples tareas.

—¿Sugieres mi relevo? —indagó el líder sin poder ocultar por más tiempo su suspicacia.

—¡No!, claro que no —aclaró Daniel—. Solo digo que para un vuelo largo es preciso delegar.

—A mí me parece que ha sugerido tu cambio —replicó Salva, evidentemente molesto.

Daniel, temiendo una confrontación, alzó la palma de su mano derecha, plegando solo el dedo pulgar, y dijo:

—**Lección cuatro: El graznido que los gansos emiten**, y mediante el que transmiten a sus compañeros coraje y aliento. Aunque no siempre es posible escucharlo desde el suelo, los gansos son un grupo ruidoso cuando vuelan en formación de "V". Hay quien opina que el graznido lo usan para comunicar dónde está cada ganso, pero la mayoría piensa que son mensajes de ánimo a sus compañeros: Algo así como *¡ánimo, amigo!* (graznido), *¡estoy justo detrás de ti!* (graznido). Lo que aprendo de ese comportamiento es que en realidad no importa la razón del graznido del ganso, siempre tenemos que comunicarnos unos con otros y brindarnos ánimo cuando sea necesario. También debemos comunicarnos cuando algo no está bien.

»Y por último —Daniel mostró su mano derecha con los cinco dedos extendidos—, la **quinta lección: No dejar un solo ganso atrás**. Cada vez que un ganso no puede volar, bien porque haya enfermado o porque fue alcanzado por la munición de un cazador, otros dos gansos se salen de la formación y están junto al compañero caído hasta que es capaz de volar nuevamente o hasta que muere. Entonces los dos acompañantes se unirán a la siguiente bandada de gansos que pase por allí. La enseñanza que extraigo es que los mejores equipos están formados por personas que se cuidan mutuamente y se ayudan entre sí, sin importar la situación. También en esto se muestra el verdadero liderazgo —detuvo el discurso, pero solo un instante, para finalmente concluir—. Hay quien sirve a las personas y hay quien se sirve de ellas, ambos se hacen llamar líderes, pero solo los primeros lo son. Parece que los gansos descubrieron esto hace mucho tiempo.

REFUERZO INTERMITENTE

La charla de Dani fue seguida de un silencio cargado de recelo. Era evidente que su alocución había provocado sorpresa, pero los rostros denotaban cautela y suspicacia. Quedó sumido en una mezcla de sensaciones: de un lado la tranquilidad de haber dicho algo que podía reforzar positivamente al grupo, pero de otro lado intuía, y era evidente en ciertas miradas que destilaban aprensión que su mensaje no se había recibido con agrado. *Tal vez me precipité en dar consejos* —reflexionó para sí—; *debí haber sido más prudente y escuchar antes de hablar.*

—Gracias, Dani —dijo Fabián escuetamente—. Chicos, tengo temas urgentes que atender antes de que comience nuestra reunión general, gracias por haber venido.

Todos se dispusieron a abandonar la habitación.

—Espera, Salva —pidió el líder—, quédate un momento.

Cuando todos hubieron salido, Fabián interrogó a Salvador.

—¿Qué te parece el nuevo?

—Me alegra que me lo preguntes, Fa —se rebulló, incómodo, en la silla—. La verdad es que me parece presuntuoso que en su primera participación nos suelte una conferencia de liderazgo.

Además, ¿no te diste cuenta de que hubo frases manipuladoras? ¿Quién se ha creído que es?

—¿Qué sugieres?

—No te molestes si traigo al filósofo a la memoria, pero, ¿recuerdas cuando nos habló del "refuerzo intermitente"?

—Lo recuerdo...

—Pues tal vez convenga aplicárselo a este engreído.

—Explícame, ¿qué te molestó?

—¿Acaso no lo sabes? —mostró sorpresa Salva—. Te invitan a decir unas palabras en tu bautismo en el consejo, y te arrancas con una conferencia llena de frases con doble intención. ¿Te parece poco? Ese chico necesita aprender que no es el gurú del mundo.

Fabián orientó la mirada en el suelo, como meditando.

—Mantengamos por un poco de tiempo el *love bombing* —dijo finalmente—, no quiero desanimarlo antes de tiempo, pero pronto iniciaremos esa fase de refuerzo intermitente.

Lo cierto es que al líder no le gustó que Daniel se despachase tan rápidamente con peroratas cargadas de moralina. Necesitaban gente más dócil y manejable.

Por supuesto que ellos nunca usaban esos términos, pues preferían otros apelativos que destilan aroma de virtud. En vez de "manejables", dirían "personas humildes", y en lugar de "gente utilizable", dirían "espíritu servicial".

Tal arranque de seguridad en Daniel debía ser neutralizado, y una manera efectiva era recurrir al "refuerzo intermitente".

De momento —aunque por poco tiempo— se mantuvo el "bombardeo de amor". Daniel jamás había escuchado hablar del *Love Bombing*. Lo único que percibió fue que su teléfono, hasta ese momento mudo y totalmente prescindible, ahora vibraba como cascabeles de Navidad. Un aluvión de mensajes iluminaban a diario sus pupilas y provocaban una maravillosa resonancia en su alma.

Eran textos llenos de elogios y muestras de atención: "¡Qué alegría tenerte con nosotros!"; "¡Necesitábamos tus talentos!"; "¡La conexión contigo es asombrosa!".

Para alguien que había sido rechazado por el amor de su vida, y en consecuencia cargaba serias dudas con respecto a su valía, esas notas eran pura vitamina emocional.

Además de los elogios y de la ponderación, le invitaban a encuentros y actividades que llenaban sus jornadas de actividad y alegría.

Solo había un inconveniente: tanta luz lo cegaba, porque cuando la luminosidad nos enfoca demasiado cerca, no alumbra, sino que deslumbra, y eso impide ver lo que ocurre tras ese efímero y engañoso resplandor. Daniel no percibió que su agenda se saturaba, obligándolo a poner distancia de sus rutinas habituales, así como de sus anteriores relaciones. Su círculo se redujo progresivamente, hasta que dentro, solo quedó *La Causa*. Fueron desplazadas su familia y todas sus anteriores amistades —muy escasas, desde luego, pero de alta calidad—. Pero Daniel no lo echaba en falta, al contrario, todo lo anterior se le antojaba gris y anodino. Por fin había dejado de existir para comenzar a vivir, y por supuesto que ambas condiciones no tenían comparación.

En cuestión de pocas semanas estaba "atrapado" en esa relación.

FELIPE

Aquel wasap le provocó alegría, pero especialmente sorpresa. Hacía más de ocho meses que no tenía noticias de Felipe, por lo que recibir una nota suya fue equivalente a que alguien le hubiera escrito desde el más allá.

Cuando lo leyó quedó en un estado próximo al *shock*:

"Hola, Dani, me comunico contigo con dos objetivos: el primero es hacerte saber cuánto extraño las interesantes conversaciones que manteníamos. Eres una persona honesta y leal cuya amistad me enriqueció. El segundo propósito de esta nota es pedirte que seas cuidadoso y prudente. Cuídate, por favor. Tu honestidad y nobleza son valores impagables, pero suponen puntos de alta vulnerabilidad en el entorno en el que te mueves. Me dolería mucho que te hiciesen daño".

Debió leer aquel texto no menos de cinco veces, tras lo que comenzó a redactar una respuesta desde el teclado de su teléfono. Apenas llevaba escritas tres palabras cuando un feroz desasosiego mordió sus tripas y bloqueó sus dedos haciéndole casi imposible escribir.

Las palabras de Fabián resonaron como truenos en la bóveda de su mente: "Los traidores solo merecen nuestro silencio e indiferencia. ¿Entendiste? ¡Prohibido el contacto con él! ¡Ley del hielo para el desertor!".

La orden fue terminante y llevaba aparejada una rotunda amenaza. El mensaje era prístino: cero contacto.

Borró su respuesta, dejando el mensaje de Felipe en "visto".

Como si hubiese intuido la tormenta que se había desatado en la mente de Dani, horas después "el filósofo" hizo llegar un segundo mensaje:

"Si alguna vez tuvieses dudas sobre los pasos a dar, o llegases a necesitar vientos de libertad, Vanessa dispone de información que puede encauzarte hacia la senda correcta".

Ahora sí quedó perplejo. Aquel texto era típico del filósofo; esa forma de conjugar el lenguaje poético con frases encriptadas era propio de él. Lo más inquietante para Daniel fue recordar que el criterio de Felipe solía ser de lo más afinado y certero.

La mención a Vanessa le desestabilizó por completo. Para cuando concluyó la tercera lectura del breve párrafo, su enfado había alcanzado cotas elevadas.

—¿Vanessa? —lo gritó como si tuviera a Felipe a su lado—. ¿Qué tiene que ver Vanessa en todo esto? ¿Qué sabes tú de Vanessa?

Durante largos minutos estuvo tentado a escribirle pidiendo que le aclarase esas dudas.

Finalmente resolvió:

—*Vanessa es el pasado... Y, por lo que veo, también Felipe pasa a serlo, para siempre.*

SORPRESA EN SU PRIMER DISCURSO

Aunque la disertación sobre los gansos con la que se había despachado el nuevo causó cierta inquietud entre la cúpula, Fabián no era tan necio como para ignorar la capacidad de comunicación que

Dani tenía, y era consciente de que contar con oradores persuasivos ayudaba a sumar adeptos a *La Causa*.

—Dani —le dijo una tarde—, me gustaría que en el encuentro del próximo sábado tuvieras a tu cargo una breve ponencia. No más de quince minutos.

—¿Estás seguro, Fa?

—No —reconoció—; pero me gustaría ver cómo te desenvuelves.

Nunca imaginó Daniel la sorpresa que aquel sábado le aguardaba.

Dedicó infinidad de horas a preparar la breve charla. Escribió no menos de siete veces lo que quería decir, y seis de ellas lo rompió, porque el resultado no terminaba de convencerlo.

El viernes por la tarde por fin consiguió cerrar un discurso con el que se sintió medianamente a gusto.

El sábado, llegado su turno, subió con fingida seguridad los tres peldaños que lo posicionaron en el estrado, se ubicó tras el púlpito de metacrilato, y antes de comenzar a hablar recorrió el auditorio con la mirada. Había aprendido que tomar contacto visual con la audiencia era una manera eficaz de transmitir confianza, y eso era algo que necesitaba desesperadamente proyectar. Fue en ese recorrido visual que la vio... ocupaba un asiento en la parte final del salón. Al inicio tuvo dudas debido a varios cambios en su fisionomía: tenía el cabello mucho más corto y resultaba evidente que había ganado peso. Pero cuando Dani detuvo la mirada sobre ella, y esta le respondió con una sonrisa, las dudas se disiparon. Aquel rostro risueño era inconfundible, sonreía con los ojos más que con la boca; fue ese gesto lo que lo enamoró perdidamente en su primer encuentro en la cafetería. Ahora sí estaba seguro: Vanessa había acudido a la reunión e iba a escucharlo.

El esfuerzo que hizo para no perder el hilo de su disertación fue tan inútil como extraordinario. Se le hizo imposible estructurar su charla como hubiese querido.

Logró, eso sí, hilvanar las frases clave, ya que había dedicado una ingente cantidad de horas en preparar quince minutos de ponencia:

> —*Es evidente que la sociedad actual difiere en mucho de la de nuestros padres y abuelos. En algunas cosas hemos avanzado; en otras, sin embargo, el retroceso ha sido notable. Tenemos casas más grandes; pero hogares más pequeños. Hoy vibra más fuerte un teléfono que un corazón. Vivimos en un mundo en el que la comida está repleta de químicos, mientras un jabón contiene cereales, miel, limón y vitaminas. Los televisores son cada vez más delgados y las personas más gordas…*

Hizo una breve pausa para beber agua, a la vez que sopesaba la atención del auditorio con la mirada. Continuó enseguida.

> —*No sé si estarán de acuerdo conmigo, pero temo que en la época actual la mayoría de teléfonos son más inteligentes que sus dueños. Es un mundo donde la forma de vestir se valora más que la de pensar. Resulta inquietante reconocer que una pizza suele llegar más rápido que la policía, o un Uber antes que una ambulancia…*

La atención del público era evidente, pues las circunstancias que Dani describía eran cotidianas, por lo que a todos se les hacía sencillo conectar con los argumentos del orador. Alentado por ello, Dani prosiguió.

> —*Inquieta que los animales sean mejores amigos que las personas, que el funeral importe más que el difunto y el festejo de una boda sea más importante que el amor. Las apariencias*

son más importantes que el alma. Vivimos en una cultura de embalaje que desprecia el contenido.

Notó Dani que eran muchos los que asentían a sus reflexiones, especialmente Vanessa, que incluso inició un espontáneo aplauso que fue secundado por la mayoría. Aguardó a que se silenciase la ovación y entonces siguió.

—¿No creen que es preocupante que las redes sociales estén llenas de fotos felices colocadas por gente triste? Vivimos en un mundo en el que se le exige más a un futbolista que a un político. La sociedad de nuestros padres y abuelos amaba a las personas y usaba las cosas. Hoy las cosas son amadas y las personas usadas.

Tras una pausa algo más larga de lo habitual. Cerró Dani sus notas para fijar toda su atención en las personas que le escuchaban.

—¿Debemos resignarnos a que ese es el mundo que nos ha tocado vivir? ¿Habrá alguna posibilidad de elegir qué mundo queremos? ¿Hay, en alguna parte, el poder de vivir en el mundo que uno elija y no en el que le toca?

Abrió, entonces, la Biblia y leyó con voz firme:

—*"No vivan según el modelo de este mundo. Mejor dejen que Dios transforme su vida con una nueva manera de pensar. Así podrán entender y aceptar lo que Dios quiere y también lo que es bueno, perfecto y agradable a él"* (Romanos 12:2, PDT). *Repito la pregunta: ¿Hay, en alguna parte, el poder de vivir en el mundo que uno elija y no en el que le toca? Creo firmemente que sí. La forma de cambiar el mundo comienza por cambiar nuestra forma de pensar. Tú decides el mundo que quieres tener. Tienes el poder de cambiar el tuyo y, por ende, el de aquellos que te rodean.*

Luego, descendió del estrado para acercarse al público.

—*Tenía noventa años. Me refiero a una de esas personas que portan cicatrices en el rostro y surcos en el alma. Veteranos con plata en su cabeza y oro en su corazón. "Deme algún consejo", le pedí. Con un gesto en el que se mezclaban rubor y gratitud a partes iguales, comenzó a destilar gotas de néctar del manantial de su experiencia. "No te daré un consejo, sino varios", me dijo, y enseguida desgranó todo un rosario de sabiduría. "No busques el lujo en relojes ni en pulseras, no lo busques en mansiones ni en veleros, lujo son risas y amigos, lujo es no estar enfermo, lujo es la lluvia en la cara, lujo son abrazos y besos. No busques el lujo en tiendas, ni en regalos, no lo busques en fiestas, ni en eventos. Lujo es que la gente te quiera, lujo es que te tengan respeto, lujo es que vivan tus padres, lujo es poder jugar con los nietos, lujo son esas pequeñas cosas, que no se pueden comprar con dinero".*

»Cuando pensé que la venerable anciana había terminado, me incorporé para darle las gracias y un abrazo, tendió hacia mí su mano derecha, como pidiéndome silencio, y añadió: "Llora con alguien, alivia más que hacerlo solo. Ríe en compañía, la alegría se multiplica al compartirla. Haz las paces con tu pasado para no estropear tu presente ni bloquear tu futuro. Y algo muy importante: Nunca pienses que tu problema es el peor. Si pudieras juntarlos todos, compararlos y elegir uno de ellos, seguro que te quedarías con el tuyo. No es cosa tuya lo que los demás piensen de ti. Pretender gustar a todos es la más lamentable de todas las pérdidas de tiempo. No te encierres. ¡No lo hagas ni en tus peores días! ¡Sal! Hay montones de milagros esperándote afuera. No siempre la vida es justa, pero siempre es buena. La vida, aunque no venga envuelta en brillante papel ni con un hermoso lazo, sigue siendo el más grande de los regalos". "Termino", me dijo, y dejé para el final

lo más importante: tenerlo todo, sin Dios, es como no tener nada. Carecer de casi y todo y tenerlo a Él, es poseer lo más importante de la vida".

Dani fue aplaudido con entusiasmo, pues compartió un discurso muy esperanzador; sin embargo él no quedó satisfecho. Por momentos se sintió muy inseguro y tuvo la sensación de haber carecido de la firmeza que requerían determinados puntos. Incluso olvidó algunos argumentos que consideraba esenciales.

¿La causa? La presencia de Vanessa lo había intimidado, haciéndole imposible mantener la concentración.

Verla en aquella reunión lo descompuso y a la vez lo rehízo. Lo envió de regreso a las cloacas del recuerdo, y al minuto siguiente lo catapultó a cielos de ensueño e ilusión. Supo, al verla, que nunca había dejado de amarla.

Por más que se esforzaba en mirar en otra dirección mientras hablaba, al final sus ojos volvían a hacer contacto con ella, por eso detectó que en un momento determinado de su ponencia, un húmedo brillo aparecía bajo el párpado derecho de la chica, como denunciando la presencia de una lágrima. No estuvo seguro de que fuera así hasta que ella la retiró con el dorso de su mano; entonces estuvo seguro: Vanessa lloraba al escucharlo.

ME QUIERE, NO ME QUIERE...

—¡Me encantó lo que hoy dijiste! —lo felicitó Vanessa, cuando se acercó a ella, finalizada la reunión.

—¡Qué sorpresa verte aquí! —Dani intentó aparentar naturalidad, pero su corazón martilleaba con rabia y esos golpes se reproducían en sus sienes.

—Me alegro de verte, Dani —de nuevo la sonrisa irresistible que achicaba sus ojos, a la vez que los encendía—. No sé si también tú te alegras...

—Me alegra verte.

—¿Aunque haya ganado diez kilos en menos de un año?

—¿Quién te invitó a venir? —inquirió, negándose a entrar en familiaridades.

El semblante serio de Daniel inquietó a Vanessa, quien cambió la sonrisa por un rictus de alarma.

—En realidad no me invitó nadie —dijo—, no sabía que fuera necesaria una invitación... Espero no haberme "colado" en un evento privado.

—No, esto no es un evento privado.

—Iba a decirte que, de serlo, no me eches hasta que saquen los canapés y la copa de vino español —rio la joven como si nunca hubiera ocurrido nada malo entre ellos. Como si nunca hubiera destruido al chico con el que ahora pretendía hablar con toda naturalidad. Ante el gesto serio de Dani, ella insistió—. En serio, ¿es necesaria invitación para venir?

—¡No! ¡Claro que no es necesaria! Disculpa, no quise decir eso, en realidad me alegra que hayas venido.

—Vine por ti.

Dani quedó mudo por la sorpresa. Ante el mutismo del chico, ella añadió:

—No he logrado olvidarte. Te aseguro que lo he intentado, pero no he sido capaz.

El rostro de Dani adquirió un color y calor tan intensos que estaba seguro de que por sus orejas estarían saliendo volutas de humo.

El silencio se prolongó excesivamente.

—¿No vas a decirme nada? —suplicó la chica—. Aunque solo sea que no quieres volver a verme, pero dime algo, por favor —era un ruego.

A Dani no le salía ninguna palabra. Todos los vocablos se enredaban en la telaraña de emociones que obstruía su garganta. Para empeorar las cosas, por encima del hombro de Vanessa alcanzó a ver a Fabián, quien lo observaba con gesto enfadado, casi furioso.

—¿Tienes el mismo número de teléfono? —inquirió Dani.

—El mismo.

—Te llamaré —hizo el amago de inclinarse hacia Vanessa y ella dispuso su rostro para recibir el beso, pero Dani lo pensó mejor y abortó el acercamiento—. Te llamaré —repitió Dani y comenzó a alejarse—. Claro, para eso tendrás que desbloquearme en tu teléfono.

Ella dio dos pasos hacia él y puso un papel entre sus dedos. Luego casi corrió, dirigiéndose a la puerta de salida.

Apenas Vanessa se hubo marchado, Fabián buscó a Dani.

—¿Por qué hablabas con esa chica? —la pregunta surgió con aspereza—. ¿Qué te dijo? Por tu gesto parecía que tuvieras delante al mismo "Alien... el octavo pasajero".

—Es mi novia.

—¿Tu novia? —Fabián abrió la boca todo lo que dieron sus mandíbulas—. Jamás me dijiste que tuvieras novia.

—¡Perdón! Quise decir mi exnovia. Lo fue por poco tiempo —recalcó—, pero hace mucho que rompimos.

—¿Qué hacía aquí? ¿La invitaste a venir?

—No.

—¿Por qué vino?

—Dice que por mí —le inquietaba un cuestionario tan agresivo, pero estaba decidido a ser dócil—. Eso es lo que me ha dicho.

—Dani, escucha esto —el líder puso su dedo índice sobre el pecho del adepto—, lo último que ahora necesitamos es perder la concentración, y no te conviene enredarte con personas que no abracen *La Causa*.

—¿Y si ella abrazase *La Causa*?

—Si llegase a abrazar *La Causa*, tendré que pensar que lo hace con la única intención de abrazarte a ti. Me costará mucho confiar en ella. ¿Acaso no hay chicas guapas aquí? ¿Por qué tienes que buscarlas fuera?

Dani amusgó los ojos en un gesto de extrañeza. Detalle que no pasó desapercibido para Fabián.

—¿Alguna duda, Dani?

—Es que no entiendo qué intentas decirme con eso de buscar chicas afuera.

—Lo que quiero decirte es que no lo hagas. No busques chicas afuera. ¡Y mucho menos esa! —lo dijo con una dureza desproporcionada, como si hablase del mismo anticristo—. Es más, consulta conmigo antes de flirtear y enredarte con nadie. Yo sé lo que te conviene y también sé lo que no le conviene a *La Causa*. Olvídate de esa chica, y evita iniciar una relación sin mi visto bueno —ante el gesto de estupor que torció el rostro de Dani, Fabián prosiguió—: Lo hago por tu bien, créeme; todo lo que intento es protegerte.

Cuando Dani vio que el líder se marchaba sin decirle nada más, se atrevió a preguntarle:

—¿Qué te pareció mi charla?

—Estuvo correcta, aunque espero que mejores —fue toda su respuesta. Ningún elogio ni palabras de afirmación.

Aquella actitud dejó completamente confundido a Dani. La manera como fue reconvenido por el asunto de Vanessa le pareció una injerencia intolerable, pero lo que más le dolió fue el tono agrio que Fabián había empleado para reconvenirle.

Estaba acostumbrado al *love bombing*, por lo que esa acritud y tal despliegue de control y autoritarismo lo pillaron por sorpresa. Nunca pensó que tuviera que pedir permiso para enamorarse; ni siquiera su propia madre había puesto nunca líneas rojas tan severas.

Por otro lado, la parquedad rayana en indiferencia con la que el líder se refirió al discurso de Dani, le dolió mucho. Aquella breve intervención en público supuso para él un impresionante desgaste intelectual y emocional; la insensibilidad de Fabián y del resto de la cúpula dejaron al joven muy desmotivado. Era la primera vez que hablaba en público para *La Causa*, y necesitaba una afirmación que no llegó.

—¡Daniii! —a la voz siguió una fuerte palmada en su espalda. Al girarse vio a Salva—. Haz caso a Fa, por tu bien y por el de todos nosotros, hazle caso.

Miró alrededor y vio las miradas hostigadoras de Hugo y de Mateo. Toda la cúpula había estado pendiente de la conversación que mantuvo con la chica. Al llevarse la mano a la frente para retirar el sudor nervioso que la cubría, notó el papel que Vanessa puso entre sus dedos.

Se introdujo en una de las cabinas de baño para leerlo con tranquilidad. La letra le resultó inconfundible, Vanessa tenía una caligrafía elegante y una pulida y limpia ortografía: *"Necesito que hablemos, Daniel, la estoy pasando muy mal"*.

Tembló ante aquella petición. De un lado estaba la firme prohibición de Fabián para verla, pero a la mente de Dani acudieron las decenas de mensajes que él envió a Vanessa meses atrás. Fueron notas muy semejantes a esa, pero que ella ignoró sistemáticamente. Vanessa había decidido de forma unilateral terminar la relación y nunca respondió a las peticiones de ayuda que él mandó, y que estaban redactadas como verdaderas súplicas. La pasó tan mal que precisó de apoyo psicológico. Cada nota que él mandaba era ignorada sistemáticamente, hasta que, para evitar que el acoso continuase, ella lo bloqueó.

—No merece que la responda —se dijo—. Fue cruel conmigo y merece tomar un poco de su propio jarabe... Además, he recibido instrucciones muy precisas del líder: debo ignorarla.

Arrojó el papel al inodoro y descargó la cisterna hasta verlo desaparecer.

Pero había un problema: su pecho seguía quemándole cada vez que pensaba en Vanessa. De aquel pavoroso incendio seguían quedando brasas. Le seguía gustando, y mucho. Pero, ¿cómo desafiar las instrucciones tan claras y precisas que Fabián le había dado?

La noche discurrió perturbadora. No podía dejar de pensar en ella, pero tampoco podía quitar de su mente la actitud tan severa de Fabián. De nuevo lo invadían las dos emociones más tóxicas que existen: rencor y remordimiento. Resucitaba el rencor hacia la chica por el daño que le hizo, y a la vez el remordimiento por saber que ella estaba pasándola mal y no acudía en su ayuda.

Mientras daba la enésima vuelta en el colchón tomó el teléfono. *¿Me escribirá Vanessa?*, pensaba.

No había ningún mensaje y entonces se dio cuenta de que, extrañamente, tampoco lo había de la cúpula. "¡Qué raro que nadie me haya escrito!".

A la mañana siguiente tampoco hubo ningún comunicado del consejo ejecutivo. Desde ese día su teléfono se silenció sorpresivamente.

Daniel extrañaba las ráfagas de amor que le lanzaron las primeras semanas. Y es que el *love bombing* es una técnica que se utiliza con el objetivo de derribar las barreras psicológicas de la otra persona, consiguiendo que se deje llevar. Es una fase tan intensa como transitoria, pues, alcanzado el propósito, normalmente el manipulador comienza a mostrar su cara hostil, empezando así una nueva fase: "El periodo de devaluación", cuyo propósito es evitar que el adepto se sobrevalore, lo cual pondría en riesgo el objetivo final, que no es otro que la sumisión plena del captado.

¿La razón del silencio que Daniel percibió?

Apenas Fabián hubo terminado aquel día de hablar con Dani acerca de la visita de Vanessa, buscó a Salva.

—Hay que bajarle los humos —le dijo—. Es necesario comenzar con el refuerzo intermitente.

—¿Hablas de Dani? —inquirió Salva—. Hay que reconocer que el chico es un piquito de oro.

—Sí, habla bien, pero no debemos decírselo —advirtió Fabián—. Está empezando a sacar los pies del tiesto y es necesario frenarlo y reconducirlo. Debe aprender que no es imprescindible. Un baño de humildad le vendrá bien.

—OK, jefe, descuida...

—Una cosa más, y esto es importante —levantó su dedo índice y señaló al punto central entre ambos ojos de Salva—. No quiero volver a ver por aquí a esa chica. ¿Lo has entendido? Habla con Hugo y con Mateo. No me importa cómo lo hagáis, pero no quiero que vuelva por aquí.

Para alguien del temperamento de Dani, ese comportamiento inestable denominado "refuerzo intermitente" sería increíblemente perjudicial.

Al silencio inicial de su teléfono siguió un periodo de gran desconcierto donde era relegado y sometido al aislamiento para, de pronto, reclamar su presencia con la máxima celeridad y encomendarle un trabajo de segundo nivel, pero con la promesa de que habría recompensas a su lealtad.

Tras ese trabajo "sucio", volvía a prevalecer el silencio frío y lleno de oscuros presagios.

Se acercaban de la nada a preguntarle cómo estaba su madre, tras lo cual retornaba el silencio y luego se reanudaban de forma intermitente.

Fabián se tornó inaccesible para él. Siempre estaba ocupado, pero no se sabía en qué o con quién; la única certeza es que no estaba disponible para hablar con Dani.

Llegado un momento en que hablar con Fa resultó imprescindible para él, y sin embargo no lo lograba, haciendo acopio de una energía emocional que ignoraba tener, Dani tuvo un arranque de dignidad, dejó de reclamar atención y estableció distancia de todos ellos. De inmediato, temiendo perderle, Fabián reapareció más amable que nunca, negando que hubiera estado inaccesible y logrando convencer a Dani de que eso eran suposiciones suyas, totalmente erróneas. Como inyección de refuerzo lo invitaba a almorzar, agasajándolo, ofreciéndole una participación pública, breve, por supuesto, para que no pudiera hacer sombra al líder. Así Dani volvía a quedar bien fijado en el anzuelo, para luego volver a relegarlo.

El "*breadcrumbing*" (refuerzo intermitente) obró un auténtico destrozo en el precario sistema emocional de Daniel. Comenzó por provocarle angustia y confusión. Con el tiempo, Dani luchaba con la sensación de estar siendo engañado y manipulado emocionalmente; también sentía que le habían faltado al respeto. Pero ante eso se alzaba la cultura adquirida con respecto a la infalibilidad del líder: la imagen de Fabián estaba envuelta en un halo de misticismo y una nube de admiración, lo que hacía imposible que en él existieran defectos de personalidad de ese calibre. Entonces, descartado que el problema estuviera en Fabián, no quedaba otra opción de que el culpable fuera Dani: seguramente no estaba haciendo las cosas bien, por eso lo relegaban. Pero lo cierto es que ponía mente, cuerpo y alma en su servicio; y si con eso no lo hacía bien, era porque jamás podría hacerlo.

Daniel fue abrazado por la ansiedad patológica. Tal vez merecía ese trato. Tal vez no daba la talla para pertenecer a la cúpula. Tal vez hacían bien en relegarlo. Su estado natural era la ansiedad, siempre triste, confuso, solo, inadecuado, abandonado, avergonzado e indigno de amor o atención.

Como resultado, admitió conformarse con migajas de atención, pensando que eso era lo normal, o al menos lo que se merecía.

BUSCANDO CONSUELO

El sonido del teléfono le hizo dar un respingo sobre el sillón en el que dormitaba mientras intentaba ver una película.

La somnolencia se disipó de golpe al ver en la pantalla el nombre de Vanessa. Se incorporó de un salto y comenzó a caminar por la sala como un león enjaulado, mientras el teléfono no dejaba de sonar. Habían pasado más de tres meses desde su encuentro y él prometió que la llamaría, pero nunca se encontró con ánimos para hacerlo y, precisamente esa tarde, Dani se sentía agotado emocionalmente.

Con escasa convicción pulsó el botón, conectando con Vanessa, y con un hilo de voz interrogó:

—¿Hola?

—¿De verdad no quieres volver a hablar conmigo? —le dijo ella con la voz quebrada y sin que mediara un saludo previo—. Dani, no me encuentro nada bien, necesito hablar con alguien como tú, sé que me entenderás.

—Te aseguro que ahora mismo no soy un interlocutor adecuado para nadie, y mucho menos un confidente que pueda ayudarte. Si esperas un consejo de mi parte, dudo mucho que sepa darlo.

—No espero consejos, ni de ti ni de nadie, solo necesito atención. ¡Necesito a alguien que me escuche! ¿Nunca oíste que sentirse escuchado es sentirse importante y es destruir la soledad? Pero al parecer los oyentes son una especie que se extinguió junto con los dinosaurios.

Uno, dos, tres, cuatro, cinco segundos de silencio...

—Está bien, Dani —resolvió Vanessa—, necesito hablar, pero comprendo que tú no lo deseas...

—Escucha, yo también necesito hablar contigo —confesó Dani—. Tampoco yo me encuentro en mi mejor momento y sé que hablarlo me haría bien, pero a la vez tengo pánico de hacerlo —reflexionó y dudó de si convenía decírselo, pero finalmente lo hizo—. Me prohíben comunicarme con chicas que no sean de *La Causa*.

Prefirió omitir que tenía prohibición expresa de acercarse a ella.

—Dani, ¿cómo es posible que en pleno siglo veintiuno alguien controle y censure tus relaciones? ¿Oíste hablar de la libertad? —un sollozo surgió de lo profundo de Vanessa—. De todos modos, quiero que sepas que conozco los valores que promulgáis y la mayoría de ellos me gustan —le aseguró, y por si quedaba alguna duda ratificó—; y hay muchos que comparto plenamente. Creo en los principios que promovéis, y si para estar cerca de ti debo ser de los vuestros, lo admito, quiero ser de los vuestros.

—El líder no confía en ti. Cree que te enrolarías en *La Causa* solo por estar conmigo, y que terminarías influyendo en mí para que saliera.

—Me importa un bledo lo que pueda pensar ese tipo —replicó cada vez más fastidiada—. Lo que me importa es qué piensas tú. Es más, sé de sobra la razón por la que no confía en mí.

—¿Qué quieres decir con eso? —a su mente acudió el mensaje de Felipe: *Vanessa dispone de información que puede encauzarte hacia la senda correcta.*

—No es algo de lo que pueda hablar por ahora. No estoy preparada todavía. Dani, ¿Podemos vernos?

El mutismo de Daniel era una tortura para Vanessa.

—Está bien —dijo, resignada—. Comprendo que estoy agobiándote... no volveré a molestarte. Perdón por haberte incomodado; jamás volverás a oír de mí.

—¡Espera! —Dani casi lo gritó—. Está bien... quedemos.

—Ven a casa esta noche —le pidió Vanessa—. Recuerdo que me dijiste que te gustan los espagueti a la carbonara y aprendí a hacerlos. Te invito a cenar. Ven a casa.

—Vives con tus padres —le recordó—, y ellos saben que nuestra relación terminó. ¿Cómo voy a presentarme allí?

—Mis padres están fuera —le tranquilizó Vanessa—. No regresarán hasta dentro de tres días.

Daniel quedó mudo de asombro. La invitación le apetecía tanto como le aterraba, pues no ignoraba lo mucho que ambos se deseaban. Una condición innegociable para pertenecer a *La Causa* era el voto de castidad. Cero intimidad sexual antes del matrimonio. Para quienes estaban en el consejo ese principio adquiría una férrea importancia.

Dani era consciente de que estar ambos a solas era estar en mala compañía. Vanessa no formaba parte de *La Causa,* por lo que no tenía tan claros como él los límites. Por otro lado, Dani se conocía, y sabía lo vulnerable que era a determinadas tentaciones. Luces rojas se encendieron en el cuadro de mandos de su conciencia, pero otro fulgor opacó el de los led de alarma, fue el recuerdo de la sonrisa de Vanessa, la luz de esa sonrisa extinguió los avisos.

—¿Estás ahí, Dani? —interrogó Vanessa.

—Llevaré vino rosado bien frio —dijo—, es lo ideal para acompañar los espagueti a la carbonara.

—¡Genial! —exclamó ella—. Te espero a las ocho.

Con extrema puntualidad, Dani cruzó el umbral de la puerta y ella lo recibió con un abrazo intenso, estrecho y prolongado.

La conversación fue larga y curativa, los espagueti estuvieron deliciosos y el vino levantó el ánimo y bajó la inhibición. Ambas cosas un poco más de lo conveniente.

La última copa la tomaron sentados en el confortable sofá de tres plazas.

—Dani, tú y yo somos almas gemelas —dijo Vanessa, mientras depositaba la copa sobre el posavasos que había en la mesa de centro—. Especialmente me identifico contigo ahora que mi autoestima está bastante dañada.

—Eso sí que me cuesta entenderlo —le contestó—. Siempre fuiste una chica muy segura de ti misma y de ideas bien firmes —no hizo nada por retirar la mano que ella había depositado sobre su rodilla—. No entiendo por qué ahora te subestimas.

—Como podrás comprobar, he engordado bastante, y además estoy muy activa en Instagram —la mano de ella acariciaba la pierna de él.

—¿Interactúas en las redes sociales?

—Mucho... aunque tú te niegues a seguirme.

—No te sigo a ti ni a nadie —repuso Dani—. Cerré todos mis perfiles cuando terminamos nuestra relación —omitió decir que ocurrió cuando ella lo dejó tirado—. Me dañaba ver tus fotos.

—Ahora me encantaría ver un "me gusta" tuyo en una de ellas —pasó el torso de su mano por el rostro del muchacho—. O mejor aún, escucharlo de tus labios.

Dani no respondió a la provocación, por lo que ella siguió explicando:

—Engordar diez kilos y frecuentar las redes sociales forman una combinación muy peligrosa. Eso es lo que tiene a mi autoestima herida de muerte.

—Yo también estuve muy mal cuando dejamos de vernos. Llegué a despreciarme tanto que era incapaz de mirarme en un espejo. Mi reflexión constante era "si no he sido capaz de retener tu amor, es porque no merezco ser amado por nadie".

—No imaginas cuánto lo lamento —lo dijo de corazón, y a él le sonó sincero.

—Lo curé al entrar en *La Causa* —afirmó Dani.

—Lo sé —ahora sonrió Vanessa—, y de verdad que me alegro. Aunque, para serte sincera, algo me dice que no estás feliz del todo.

Desde que llegaste esta noche no puedo dejar de mirarte a los ojos, y veo en ellos demasiada melancolía.

CONFIDENCIAS Y ALGO MÁS

Tras un silencio de indecisión, él concluyó:

—Lo cierto es que en el último tiempo me siento muy confundido. Vuelvo a tener dudas de mi valía. La seguridad que tenía en mí mismo se está desmoronando.

—¿Por qué?

—No estoy seguro —se rebulló en el asiento—, me afecta mucho la forma como ahora me tratan en *La Causa*. Me siento ignorado casi todo el tiempo, y eso me hace pensar que no estoy haciendo las cosas bien.

—¿Les has dicho que te sientes ignorado?

—Se lo he dicho, pero responden que son cosas mías. Una vez les insistí, y entonces sugirieron que tal vez tengo un problema con mi orgullo, que no soy el ombligo del mundo y no debo reclamar tanta atención.

—Te conozco, Dani, te conozco lo suficiente como para saber que la soberbia, la altivez y la arrogancia son vecinas que viven a enorme distancia de ti. Ninguna de esas cosas son tu problema, más bien, al contrario, ojalá tuvieras un poco más de seguridad en ti mismo —luego Vanessa negó con la cabeza—. No comprendo cómo pueden llegar a concebir que tengas problemas de orgullo.

—No es algo que me digan a menudo —admitió—. Solo cuando he insistido en que me siento relegado.

—¿Cuándo y por qué te sientes relegado? —quiso saber la chica.

—Cuando transcurren semanas sin que sepa nada de ellos y luego me buscan para encargarme uno de lo que llamamos "trabajos sucios".

—¿Qué trabajos son esos?

—Llamar al orden, y hasta aplicar disciplina, a quien infringe las normas, o recaudar fondos para *La Causa,* o acompañar a familias que están enfrentando situaciones especialmente difíciles, como enfermedades terminales, la muerte de un hijo...

—¡Dios mío! —Vanessa sintió un estremecimiento—. ¿Eso debes hacer?

—En ocasiones siento que mi vida discurre entre hospitales y tanatorios —asintió varias veces con la cabeza—. Entre quienes luchan por vivir y quienes dejaron de hacerlo.

—¿Suelen reconocer tu trabajo?

—Solo si les pregunto, entonces me dicen que estuvo correcto. Si no pregunto, no dicen nada.

—¿Cómo te sientes cuando obran así?

—Mi ánimo se desploma, porque me embarga la sensación de que no logré hacer las cosas todo lo bien que se esperaba.

—¿Qué te hace pensar que no hiciste las cosas bien?

—Al principio las personas del consejo me daban palabras de afirmación, especialmente Fabián. A veces hasta me sentía abrumado por tanto halago, pero ahora guardan silencio. Creo que ya no hago las cosas con la excelencia de antes.

—¿No se te ha ocurrido pensar que tal vez el cambio no lo hayas experimentado tú, sino ellos?

—¿Qué quieres decir?

—Las personas que sufren repercuten en los demás. Dani, no personalices las acciones de la gente. Recuerda que la gente te muestra quiénes son, no quién eres tú.

—Sigo sin comprenderte —reconoció Dani.

—Lo que quiero decir es que es posible que tú sigas siendo tan excelente como al principio, pero ellos prefieren no decírtelo.

—¿Por qué harían algo así? —la miró con gesto de sorpresa—. ¿Por qué no iban a decírmelo si de verdad estuviera haciendo las cosas bien.

—Para evitar que creas en ti mismo —Vanessa fue concreta en su respuesta—. Si desarrollas seguridad no serás tan manipulable como cuando tienes déficit de autoafirmación. Les interesa que seas influenciable.

—¡No! —sonó rotunda la negativa—. Ellos no son así. Son gente con principios y valores... son gente buena.

—Gente buena con intereses personales bastante claros —espetó Vanessa casi con furia—, y tú eres la herramienta perfecta que ellos utilizan para lograrlos.

—No, Vanessa. Eso no es así. Creo que te equivocas. Cuando confían en mí para encargarme cometidos me hacen sentir útil.

—Dani, no estás siendo útil, sino utilizado. ¿No te das cuenta del narcisismo y autoritarismo de Fabián? Es obligatorio respetarlo, es perentorio obedecerlo y obligatorio aplaudirlo. Todo lo que no controla, le estorba. Todo el que no lo afirma, lo amenaza.

Aprovechó el silencio de Dani para continuar:

—Debes verles por lo que son honestamente. Deja ir tu falso sentido de la esperanza. Deberías terminar el contacto y hacerlo de manera irreversible. Porque una reaparición puede atraerte de nuevo al ciclo adictivo.

—Vanessa, creo que estás equivocada...

La chica se incorporó de su asiento y parándose frente a él puso ambas manos en sus caderas, adoptando una pose de fingida severidad que hizo reír a Dani. Ella, conteniendo la risa, se inclinó hacia el chico y le dijo:

—Escuche, caballero. Soy yo quien estudió sociología, porque si algo quedó muy claro es que usted nunca pisó la universidad —con el dedo índice de su mano derecha apuntaba al rostro del muchacho, y casi rio al ver el gesto de estupor que adoptó Dani—. Y mi grado en sociología incluye amplias nociones de psicología y estudio del comportamiento humano. Y, por cierto, me gradué con honores. Así que no me diga usted que estoy equivocada cuando hago un análisis de la personalidad de quienes le están perjudicando.

—¡Eres una pedante! —se rio Dani ante aquel discurso que desbordaba fingida severidad, pero luego guardó silencio. Un silencio intenso y reflexivo.

Vanessa rio con ganas, apuró el contenido de su copa y volvió a sentarse junto a él. Envolviéndole con ambos brazos y dejando reposar su cabeza en el pecho del chico, le dijo:

—Escucha Dani, conozco más de lo que te imaginas.

—¿A qué te refieres?

—No soy tan nueva en *La Causa*, pero lo último que hoy me apetece es que discutamos.

—¿Quieres explicarme eso de que no eres nueva en *La Causa*?

—No quiero explicártelo —lo dijo con firmeza—. Hoy solo tengo ganas de estar contigo... y abrazarte.

El sillón resultaba confortable, demasiado como para no recostarse en él; mejor tumbados que sentados, envolviéndose en un abrazo y en el calor de un beso...

El sonido de su teléfono despertó a Dani. Con el sobresalto quedó sentado sobre el colchón... un colchón que no era el suyo. La luz que se filtraba por las rendijas de la persiana le permitió recorrer la estancia con la mirada y enseguida se dio cuenta de que aquel no era su cuarto, ni su cama, ni su casa... la confusión inicial fue cediendo lugar al recuerdo: estuvo cenando con Vanessa, en la casa de ella. Aquella era, sin duda, la cama de la chica, y él estaba desnudo.

—¡Dios mío! ¿Qué hice?

El teléfono seguía sonando y en la pantalla aparecía el nombre de Fabián. En la sinrazón de la angustia, Dani tuvo la sensación de que el líder lo estaba observando.

Saltó de la cama, se vistió a toda velocidad y salió de la casa a la carrera, evitando pasar por la cocina, donde Vanessa lo esperaba con un suculento desayuno que ella misma había cocinado.

Cuando la chica escuchó el sonido de la puerta, corrió hacia la salida, pero Daniel ya se había precipitado escaleras abajo, sin tan siquiera esperar al ascensor.

—¡Dani! —gritó desde el descansillo—. ¡Ven, Dani!

El chico bajaba los escalones de tres en tres.

Vanessa fue hasta la terraza y al verlo le pidió que subiera. Aunque vivía en una octava planta, gritó a pleno pulmón hasta que él la escuchó y miró hacia el balcón, pero siguió caminando, subió a su Toyota C-HR y se alejó a toda velocidad.

Fue inútil que Vanessa insistiera en llamarlo por teléfono, no hubo respuesta ni ese día ni durante las siguientes semanas. La culpa llevó a Dani a cortar todo tipo de comunicación con ella, y cada día rogaba que el incidente no llegase a oídos del líder de *La Causa*.

Ella pedía verlo. Él la ignoraba.

Fabián y el resto de la cúpula seguían agobiando a Dani bajo el fuego cruzado del refuerzo intermitente. Lo buscaban para que hiciera los trabajos sucios, que lo mismo implicaban confrontar a los adeptos que infringían las normas, como acondicionar y limpiar los salones de reunión; luego, pasado el tiempo de necesidad, volvían a ignorarlo. Esa incoherencia en el trato llegó a sumirlo en un grave estado de ansiedad, rozando una esquizofrenia emocional insoportable. Por momentos se sentía el más miserable del grupo, hasta que le inyectaban una nueva dosis de aceptación que lograba motivarlo; pero luego retornaba la distancia y el silencio, sumiéndolo otra vez en la ciénaga pavorosa de la autoconmiseración.

Y para empeorarlo todo, el corrosivo sentimiento de culpabilidad por el episodio que escondía iba destruyéndolo.

CON FRAN

El encuentro fue casual, o al menos tuvo toda la apariencia de serlo: Daniel salió a practicar carrera por la mañana; había tomado la costumbre de correr varios kilómetros en el parque cercano a su casa; era una forma efectiva de despejar la mente, y bien que lo necesitaba.

Llevaba treinta minutos ejercitándose cuando miró a su Apple Watch para verificar la distancia recorrida. A juzgar por la tensión que percibía en sus músculos, calculó que habría corrido veinte kilómetros, pero el dispositivo inteligente que portaba en la muñeca le echó en cara que solo llevaba cubiertos dos mil metros.

Al levantar la mirada, lo vio.

—¡Fran! —Dani se detuvo, y lo mismo hizo el doctor Gómez.

—¡Dani, qué sorpresa! ¡Me alegra verte! —Fran era genuino en sus sentimientos, y su voz lo proyectaba—. ¿Qué tal estás?

—Estoy bien —mintió el chico.

El doctor Gómez lo miró; leía los ojos con más pericia que los labios. Y las pupilas de Dani desmentían la información que él había dado.

—¿Estás diciéndome la verdad?

Dani resopló, agachó la mirada y reconoció:

—Es inútil intentar mentir a un psicólogo. No estoy bien. La verdad es que estoy bastante mal.

—Me lo temía —dijo Fran poniendo su mano derecha sobre el hombro del chico—. Escucha, Dani, tu primer gran acierto ha sido salir a correr. ¿Has oído hablar del "subidón del corredor"?

—¿Subidón del corredor? —rio Dani—. Nunca lo escuché.

—El *running* segrega una de las drogas naturales del bienestar: las endorfinas. Estas tienen la capacidad de hacerte sentir feliz, de disminuir el dolor, la producción de cortisol, que es la hormona del estrés, lo que favorece los procesos de relajación —sonreía abiertamente Fran—. Pero tu segundo gran acierto ha sido decirme la verdad. Admitir que no te sientes bien —palmeó el hombro derecho del chico—. ¿Qué te parece si tienes un tercer gran acierto esta mañana?

—¿Un tercer acierto? —preguntó con extrañeza—. ¿Cuál?

—Hacer conmigo un par de kilómetros más. Luego te invito a desayunar.

Sin darle la opción de rechazar el ofrecimiento, Fran se lanzó a la carrera.

—¡Sígueme!

Dieron tres vueltas al parque. El amanecer era tibio y perfecto; se filtraban reparadores rayos de sol por entre las densas ramas que amparaban el parque bajo su sombra. El efecto positivo en el ánimo de Dani era evidente.

—¡Toca el esfuerzo final! —le gritó Fran—. ¡Máxima velocidad!

Con una gran aceleración iniciaron el último kilómetro, que los situó en la terraza de la cafetería Buraioni.

Dani se recostó en una pared, e inclinado sobre su vientre intentaba recuperar el resuello.

—¿Te parece que nos sentemos aquí? —Fran, respirando con toda normalidad, como si aquel *spring* final lo hiciera a diario, tomó asiento a la misma mesa que semanas antes había ocupado con Sofía, la madre de Dani.

Enseguida quiso saber:

—¿Qué te apetece desayunar, Dani?

—¿Y si me lo recomiendas tú? —respondió—. Sé que entre tus especialidades está la de ser buen nutricionista.

—¡Lo haré con gusto! —hizo una seña al muchacho que atendía a las mesas, y en cuanto se aproximó, ordenó para ambos un desayuno tan copioso como saludable—. Por favor, tráenos copos de avena con leche para los dos, y también dos sándwiches de pan integral con pavo, manzana y queso. Para mí con un té —y mirando a Dani, preguntó— ¿Qué bebida quieres?

—Un café, por favor —y dirigiéndose a Fran, comentó—; suelo desayunar una tostada de pan integral con aguacate y queso fresco.

—¡Excelente! ¡Eso es muy saludable! —aplaudió Fran. Y llamó al muchacho que ya se alejaba—. ¡Espera! Añade, por favor, dos tostadas integrales con aguacate y queso fresco.

—¿No es demasiado desayuno? —preguntó Dani.

—Para alguien que ha corrido siete kilómetros y a quien aguarda una jornada larguísima y muy intensa, no es demasiado desayuno.

—Nunca en mi vida he comido tanto por la mañana —aseguró Daniel.

—Deberías acostumbrarte a desayunar como un rey, almorzar como un príncipe y cenar como un mendigo —explicó el doctor—. Es una de las claves de la buena nutrición: ir reduciendo la ingesta de calorías a medida que declina el día.

—Está bien —admitió—. Desayunaré como un rey, y luego trabajaré como un esclavo para quemar tanta ingesta —rio Daniel.

—De verdad que me alegro de verte, Dani —Fran quiso ser directo—. Dime, ¿qué te ocurre? Tus ojos llevan tiempo diciéndome cosas que me inquietan. Cuéntame con libertad; sabes que puedes confiar en mí.

BREADCRUMBING

Dani, ya sin intentar fingir, inició un pormenorizado relato de los acontecimientos en los que se había visto involucrado durante los últimos dos años. Detalló la exaltación de ánimo que vivió al principio y luego resumió los vericuetos de los periodos emocionales contradictorios que venía sufriendo en los meses más recientes.

—No sé a qué atenerme —concluyó—. Tan pronto me siento valioso y necesario, como, al minuto siguiente, me veo la persona más insignificante del planeta. A renglón seguido vuelvo a ser requerido por la cúpula y mi estado de ánimo se recupera.

—"Me veo la persona más insignificante del planeta...". ¿Qué te lleva a sentirte así? —quiso saber el doctor Castellanos.

—Su silencio —respondió rápidamente—. Su silencio y su distancia. Esa manera en que me mantienen al margen de todo lo interpreto como una forma de castigo por algo que hice mal. Pero no sé qué, e ignorarlo me mata.

—El silencio de las personas que nos importan supone el discurso más atroz —explicó Fran—. Puedes aceptar cualquier cosa, Dani, si llega el caso. Pero el no saber es la peor tortura.

—Paso noches enteras evaluando qué pude hacer para que me castiguen con su distancia. Y cuando estoy a punto de rendirme, vuelven a aparecer.

—De eso se valen los manipuladores... "me quiere, no me quiere" —repuso el doctor—. La frase suena como un inocente juego de niños. Pero para algunas personas es una experiencia dolorosa que puede dejarlos divididos entre sentirse esperanzados y totalmente desilusionados.

—¿Puedes explicármelo? —pidió Dani.

—Lo que has descrito es una de las técnicas más antiguas y efectivas de manipulación emocional —precisó el doctor—. En la actualidad, este comportamiento nocivo se conoce popularmente como "*breadcrumbing*", es decir, actos esporádicos de atención que en realidad no se traducen en nada que la víctima pueda considerar significativo.

Dani se acodó en la mesa y apoyó su barbilla sobre las manos, en un gesto de concentrada atención.

—El *breadcrumbing* se refiere a una forma de manipulación, intencionada o no, en la que una persona finge interés y actúa como si se sintiera sinceramente implicada en una relación con otra persona, cuando en realidad no lo está. La razón por la que el *breadcrumbing* funciona para mantener a alguien del lado del manipulador se basa en el principio psicológico del "refuerzo intermitente", que impulsa el ciclo adictivo y el éxito de la conducta de juego. Con una máquina "tragamonedas", de vez en cuando hay una pequeña ganancia, así que sigues jugando con la esperanza de conseguirla de nuevo, mientras que si nunca ganaras, no seguirías jugando.

—¿Crees que están aplicándome esa técnica?

—No tengo la menor duda —y quiso saber—, ¿alguna vez dijiste "no" a los requerimientos de esas personas?

—¿A qué te refieres?

—¿Te negaste alguna vez a hacer lo que te pedían?

—Nunca.

—Los generosos establecen límites, porque los egoístas rara vez lo hacen —repuso Fran.

—¿Qué quieres decirme?

—Intento decirte que si no pones límite, ellos nunca lo harán. La tiranía es insaciable. Esas personas te tienen subyugado.

—No los llames tiranos —pidió—. Son mis amigos.

—Está bien —aceptó Fran—. Reconozco que no tengo suficientes elementos de juicio para etiquetarlos, aunque debo decirte que tengo un instinto que rara vez falla. No hablaré de las exigencias de ellos, pero déjame hablarte de las limitaciones que todos tenemos. Nuestros recursos no son infinitos —le advirtió—. Disponemos de una cantidad de energía limitada y un número de horas, días y años limitados. Es decir, un tiempo definido —y remachó Fran—: Desde la cuna a la tumba, desde el útero al sepulcro. No debemos permitir que nos roben alegremente la energía ni el tiempo.

—No creo que me estén robando.

—¡Claro que no te están robando! No necesitan hacerlo, porque se lo estás regalando —advirtió el doctor—. Si te negases a sus constantes requerimientos, probablemente iniciarían la operación expolio. Por eso te pregunté si alguna vez les dijiste que no —y quiso saber—. Dime, ¿has evitado la obediencia ciega?

—Ellos luchan por una buena causa —esquivó la pregunta—. No pueden hacerlo todo, por eso los ayudo.

—Hay momentos de ayudar a la gente gris, pero sin que nos roben los colores. Hay que lanzarse a auxiliar a quien se ahoga, pero si alguien decide vivir ahogándose a diario, no necesita que seas su salvavidas, lo que necesita es aprender a nadar.

El mesero llegó, transportando con pericia y equilibrio una gran bandeja llena de platos. Cuando los hubo depositado sobre la mesa, se retiró.

—Solo una cosa más antes de dar cuenta de este desayuno —Fran se acodó en la mesa, inclinándose un poco más hacia Dani—. Amigo, cuando le digas sí a los demás, asegúrate de no estar diciéndote no a ti mismo.

—¿Qué me sugieres que haga? —preguntó Dani, más preocupado por su carga personal que asombrado por la gran cantidad de alimentos que había frente a él.

—¿Qué te sugiero? —rio Fran repartiendo los platos—. Por ahora... ¡disfrutar de estas delicias!

—Tienes razón —sonrió Dani, ahora sí, mientras cortaba el sándwich por la mitad y tomando uno de los pedazos se disponía a darle un gran bocado.

—Espera, Dani —pidió Fran—. ¿Te importa si doy gracias a Dios por la oportunidad de disfrutar junto a ti de este desayuno?

Dani asintió con la cabeza, dejando el emparedado en el plato e inclinando un poco la cabeza, imitando lo que veía hacer a Fran. Lo cierto es que todos en *La Causa* acostumbraban a orar y agradecer antes de la comida, pero nunca se le había ocurrido hacerlo de manera tan espontánea en un lugar público.

Le resultó emocionante la oración que el doctor levantó, pues más que agradecer por la comida, dio gracias por la oportunidad de estar con él. Se sintió impresionado al escuchar su nombre en la plegaria de Fran, especialmente cuando dijo: "Gracias por mi buen amigo Dani, te pido que siempre lo cuides y le regales muchos años de desbordante salud y felicidad". Le pareció una oración tan sincera como conmovedora, tras la que ambos comenzaron a dar buena cuenta de la comida.

CIRCUNSTANCIA INESPERADA

Vanessa estaba más tranquila; logró superar el umbral de una semana sin apoyo farmacológico para dormir y eso supuso un gran avance para ella. Además, aquella incómoda presión con la que amanecía y que ella describía como "una losa sobre su pecho que no la dejaba respirar", fue dando paso a una leve desazón que ya no era tan limitante. Aún despertaba con una sensación de desasosiego, eso sí, pero tomaba una infusión, se daba una ducha y estaba lista para acudir a la empresa que la había contratado como empleada en prácticas.

Emocionalmente estaba mejor, pero desde hacía tres semanas hicieron su aparición unos síntomas físicos que ahora la mantenían preocupada: a una pertinaz diarrea que depositaba heces de color casi rojizo, se sumó que la orina era muy oscura. Además, Vanessa sentía una creciente fatiga y debilidad, al punto de que lo que antes no le suponía ningún esfuerzo, ahora se antojaba un reto casi insoportable. Luego estaba el imparable incremento de peso, que para nada se correspondía con la cantidad de alimento que ingería.

Varios días amaneció con un dolor intenso en la mitad de la espalda.

—¿Te sientes bien, Vanessa? —le preguntó esa mañana Ingrid—. No tienes buena cara.

No tuvo más remedio que admitir:

—La verdad es que no me encuentro demasiado bien.

—Lo sospechaba. Ven, siéntate —le dijo—. Cuéntame, ¿qué te ocurre?

Vanessa agradeció la empatía de aquella compañera. Desde que la conoció conectó con ella. Ingrid era la secretaria de dirección de la empresa Estudio 7, que contrató a Vanessa para que hiciera allí sus prácticas una vez que hubo concluido su grado en sociología.

Su contratación fue rápida: en cuanto el presidente de la compañía echó un vistazo al expediente académico de Vanessa y observó que se había graduado *summa cum laude*, quiso incorporarla a su equipo profesional, garantizándole que pasados los seis meses de prácticas formaría parte de la nómina de aquella reputada compañía.

Vanessa era consciente de las múltiples oportunidades que se abrían cuando terminó su grado en sociología, especialmente tras concluirlo con honores. Las opciones eran varias, y todas se antojaban apasionantes, desde ocupar la dirección en recursos humanos de una compañía, hasta la política.

Estudio 7 fue la primera empresa que se interesó en ella, y a Vanessa le gustó comenzar desarrollando unas funciones que incluían recopilación de datos, elaboración de informes y la realización de investigaciones que permitieran entender y analizar distintos fenómenos sociales, con el objetivo de encontrar soluciones a problemas específicos.

—El trabajo que realizarás aquí es una forma de contribuir al bienestar social y lograr un mundo mejor —le dijo Ingrid, quien fue su fiel acompañante en el proceso de adaptación.

—¿Trabajaré en equipo? —quiso saber, deseosa de aprender de otros profesionales.

—Para facilitarte el llevar a cabo tus funciones, Estudio 7 pondrá a tu disposición las mejores herramientas y las más novedosas técnicas de investigación —le aseguró Ingrid—, y sí, trabajarás junto con otros profesionales como psicólogos, antropólogos, economistas y expertos en áreas específicas de investigación.

—No necesito conocer nada más —dijo, feliz, Vanessa—. Me quedo.

Ahora, sentada frente a Ingrid, relató con lujo de detalles las múltiples molestias que venía notando, y los desajustes físicos que padecía.

Ingrid escuchó atentamente, con la preocupación dibujada en el rostro.

—¿Leíste en Google a qué pueden deberse esos síntomas? —le preguntó.

—No, y no pienso hacerlo —respondió Vanessa con firmeza—. Cuando necesite un diagnóstico, buscaré a profesionales de la medicina que me lo den. No me parece muy prudente fiarme de los criterios que pululan por el mundo virtual.

—Comprendo lo que quieres decir, y tienes razón —admitió Ingrid—. Solo quiero que sepas que mi madre tuvo síntomas muy parecidos a los tuyos, consulté en Google y el diagnóstico fue acertado.

—¿Qué le ocurrió a tu madre? —a Vanessa le inquietó el rictus que había adquirido el rostro de su compañera.

Ingrid guardó silencio.

—Mejor no me lo digas —concluyó.

—¿Quieres saberlo? —ofreció la secretaria.

—No, por favor, no me lo digas.

—Está bien, pero ve al médico cuanto antes.

Dejó pasar varios días en los que siguió ganando peso a marchas forzadas, y eso le inquietaba, tanto a nivel físico como psicológico. En su trabajo era determinante tener buena imagen, y su jefa, con mucha prudencia, ya le había sugerido que visitara a un nutricionista.

Las molestias esa noche fueron más severas, al igual que los vómitos que aparecieron. Por la mañana llamó a su trabajo explicándoles que acudiría a la sala de urgencias de una clínica. Allí le hicieron un exhaustivo reconocimiento médico que tomó toda la mañana, y a primera hora de la tarde le comunicaron los resultados de las pruebas practicadas.

La noticia la dejó en *shock*.

Salió del despacho médico y buscó refugio en un rincón de la sala de espera. En su mano sostenía el papel que contenía el diagnóstico. Aunque la textura de aquel folio apuntaba a que era de 70 g, a Vanessa le pareció que pesaba una tonelada. Jamás imaginó que un sencillo pedazo de papel pudiera pesar tanto como para impedirle incorporarse del asiento.

Pensó en llamar a su madre, pero lo desestimó... era muy mayor y estaba delicada de salud. ¿Su hermano? Solo tenía uno, y hacía tiempo que no se hablaban.

La imagen de Dani flotó en la superficie de su mente. Era el primero a quien debía comunicárselo; decidió llamarlo, aunque estaba segura de que no le respondería.

Asustada, lloró a mares mientras releía una y otra vez el informe médico.

Con la visión nublada por la cortina de lágrimas buscó el contacto de Daniel y emitió la llamada. Permaneció con la vista fija en la pantalla, mientras la línea emitía tonos sin que nadie al otro lado los atendiera.

Dos lágrimas se asomaron a sus ojos, y tras dos trémulos segundos en sus pestañas se precipitaron sobre el plástico protector del teléfono.

Lo que la nota clínica decía no era estrictamente negativo. Lo dramático era no poder compartirlo con Daniel.

RADIOGRAFÍA A UN FANÁTICO

Dani daba buena cuenta del delicioso desayuno. De un sorbo apuró el café y depositó la taza sobre el platillo:

—¿Y bien, Fran, qué me sugieres que haga? —quiso saber Dani, mientras sujetaba el jugoso sándwich con ambas manos.

El doctor estaba a punto de dar un buen mordisco al pan tostado, por lo que tendió la mano izquierda hacia Dani, con la palma abierta, como pidiendo tiempo. Solo cuando se hubo comido el pan caliente con aguacate y queso fresco, Fran se limpió la comisura de los labios con la servilleta, y le dijo:

—Lo primero, Dani, es cuidarte, y para ello debes hacerte respetar. No se trata de ser descortés ni de traicionar la confianza de esas personas, se trata de valorarte y no regalar tus fuerzas a quien no sabe apreciarlas.

Esta vez Daniel no se mostró desafiante, sino atento. Había terminado su sándwich y comenzaba a comer la tostada. Fran vio en el silencio de su interlocutor la oportunidad de seguir transmitiendo los consejos que el joven necesitaba.

—Ninguna relación, ningún trabajo, ninguna meta, ninguna posición en la vida, vale más que tu salud mental. No tienes por qué resignarte a soportar a algo o a alguien que te destruye.

—*La Causa* me devolvió la sonrisa y las ganas de vivir —dijo con firmeza—. No quiero abandonarla.

—No tienes que abandonar esa causa —aseguró Fran—, pero debes marcar límites a quien quiere convertir un elemento de bendición en una autocracia tiránica.

—Entrar en *La Causa* fue lo mejor que me pasó en la vida.

—Y dejar de vivir subyugado será lo segundo mejor. El totalitarismo es terriblemente nocivo, y está vinculado a la exclusividad: "Solo esto es cierto. Tengo la exclusiva de la verdad". Son formas de autoritarismo.

Fran esperó una reacción violenta de Daniel. Lo que acababa de decirle era fuerte; sin embargo, el muchacho giraba la cucharilla en su taza de café, a la vez que escuchaba con atención, y Fran no quiso perder la oportunidad:

—¿Te das cuenta de que pusiste todo de lado al enrolarte en eso que llamas *La Causa*? —lo miró con fijeza para explicarle—. No solo alejaste todo, también a todos. Escúchame, si entre las múltiples y maravillosas verdades que Dios nos ofrece en la vida elijo una sola y la persigo ciegamente, esa verdad se convertirá en falsedad, y yo en un fanático.

—¿Me llamas fanático? —ahora sí, Dani se puso a la defensiva.

—Quiero evitar que lo seas —repuso Fran—. Huyo de los profetas fundamentalistas, quienes convierten los dones del Espíritu Santo en un cinturón de explosivos que se fijan en torno al cuerpo y con el que amenazan a los discrepantes. No puedo comulgar con quienes piensan que "la buena comunicación" es estar siempre de acuerdo con ellos. Discrepancia no es necesariamente deslealtad, a menudo una idea que difiere de la mía no busca desafiar mi criterio, sino enriquecerlo. Quien discrepa de mí no tiene por qué ser mi enemigo, puede ser un valioso complemento.

—En eso debo darte la razón —reconoció—. He visto en este tiempo como los adeptos que tenían ideas claras y capacidades evidentes, tuvieron que abandonar *La Causa*, porque les impedían pensar por sí mismos.

En ese instante Dani vio iluminarse la pantalla de su teléfono. Era una llamada de Vanessa. Decidió ignorarla y con la ayuda de una servilleta, para evitar manchar el teléfono de grasa, le dio la vuelta y lo alejó de los platos de comida.

—Si necesitas atender esa llamada, puedes hacerlo —le dijo Fran—. No te preocupes por mí.

No quería estropear el encuentro con Fran, que le estaba resultando altamente instructivo.

—No es nada urgente —dijo—, tranquilo.

No era momento de hablar con Vanessa. Lo cierto es que no había logrado olvidarla ni un instante, pese a ello, cada vez que la mujer intentó aproximarse, él se mostró tan esquivo que la chica optó por marcar distancia. Fran asintió con movimientos de cabeza.

—Esas personas que describes como más preparadas —explicó el doctor—, hicieron bien en salir. No debes permanecer en un lugar en el que no puedas florecer, aunque te guste.

—Pero Fabián me parece sincero —replicó Daniel—. Hace de *La Causa* toda su vida.

—¿Estás seguro de eso? —previno Fran, y añadió—: Muchos de quienes dicen estar dispuestos a morir por la verdad suelen provocar la muerte de otros antes que la propia, y a menudo en lugar de la propia.

—Es grave lo que dices —advirtió Dani—. Imagino que estás seguro de tus argumentos, o serán calumnias.

—El poder corrompe, amigo —afirmó—. Y el poder absoluto corrompe absolutamente.

Silbó Dani; fue un silbido de admiración ante tan contundente diatriba.

—Mira, Dani, amo a Jesús por mil razones —continuó explicando Fran—, y una de ellas es su firmeza impregnada de gracia. De Él he aprendido que la fe es la antítesis del fanatismo. Me cautivó con su amor y me gana cada día con su gracia —miró al chico con fijeza para afirmar—: fe y fanatismo solo tienen en común la letra por la que comienzan. El fanatismo genera odios, mientras que la fe proyecta amor. La esencia del fanatismo es la intransigencia, la esencia de la fe es la gracia. *Por gracia sois salvos, por medio de la fe.* (Efesios 2:8). El fanático lleva el fuego del infierno hasta en el mechero, e intenta quemar cuanto toca, pero la fe es un abrazo que nos conduce al cielo. Cuanto más conozco a Jesús más lo amo y más amo también a mi prójimo. Dios actuó para ayudarnos a ir al cielo, por eso desconfío del implacable que habla a los demás como deseando verlos en el infierno.

—Es curioso que uses la misma Biblia que nosotros —dijo Dani—, pero tu mensaje suene tan distinto al que allí escucho. Lo que tus palabras producen en mí es serenidad, las que escucho allí me infunden miedo.

—Porque el temor es una manera efectiva de obtener sometimiento —aclaró el doctor Gómez—. Pocas cosas son tan tristes como la sumisión que surge del miedo. Para el líder absolutista, y no me refiero solo al líder religioso, sino a cualquiera que ostenta el poder de manera totalitaria, para ese tipo de líderes todos son traidores si no muestran obediencia ciega. Lo peor es que el manipulador tiene un olfato extraordinario para detectar a las personas emocionalmente vulnerables y que por ello son presas fáciles. Una de las cosas que prefieren este tipo de paladines es que sus seguidores sean incultos. Que no sean leídos; buscan gente de acción, pero no de reflexión. Que hagan muchas cosas, pero que aprendan lo menos posible. Que no lean, porque leer es crecer.

—En esto te equivocas —afirmó Dani—. En *La Causa* insisten en que leamos la Biblia.

—Y luego ellos os la explican, ¿verdad? "Tú lee, pero déjame que te diga cómo debes aplicarla". Dani, un fanático es una persona de un solo libro.

Fran extrajo un ejemplar del Nuevo Testamento que llevaba en el bolsillo de su leve chaqueta. Mostrándoselo a Dani, explicó:

—La lectura de la Biblia me afirma en la fe; la leo y releo, la ingiero y la digiero, la repaso y la reposo. Pero leo además otros libros y noto que con ello mi fe se consolida y enriquece, porque un fanático es una persona de un solo libro. Quien se enfoca en una sola materia llegará a ser en ella un genio, pero habrá dejado de lado mil tesoros. Todos los genios tienen un punto de locura, pero el obsesionado en una sola materia que se empeña en denigrar al resto, suele ser un demente peligroso. No temo leer literatura diversa —repitió el doctor—, porque cuando tengo la verdad de Dios firmemente arraigada, no me ofende lo que otros crean. La fe no se debilita, sino que se fortalece en el choque con las opiniones contrarias. De nuevo, es opuesta al fanatismo que teme vacilar ante la idea contraria y por eso intenta ahogarla. Solo los fanáticos odian a las personas tanto como a las doctrinas que esas personas promueven. Uno puede ser intolerante con las teorías falsas, pero tolerante con quienes las sustentan. Eso aprendí de Jesús. Me enseñó a aborrecer el pecado con tanta intensidad como a amar al pecador.

Dios no me convenció con su intransigencia, me ganó con su amor —y recitó Fran—: *Lo atraje con cuerdas de ternura, lo atraje con lazos de amor. Le quité de la cerviz el yugo y con cariño me acerqué para alimentarlo* (Oseas 11:4, NVI). El amor no esclaviza, sino que fortalece y liberta.

Dani no tenía respuesta para tales argumentos. Con la mirada fija en Fran simplemente asintió con la cabeza varias veces.

Hacía rato que los platos vacíos habían sido retirados por el amable chico que los atendió. Fran se había ocupado de pagar la cuenta, así que ambos iniciaron su camino, ya no corriendo, sino caminando lentamente. Dani tenía mucho en lo que reflexionar.

Recordó la llamada de Vanessa, tomó su teléfono con disimulo, no quería que Fran lo viera. La chica había dejado un mensaje muy escueto: "Dani, necesito hablar contigo. Por favor, llámame, es muy urgente". Lo leyó varias veces, y luego bloqueó el teléfono y lo introdujo en el bolsillo trasero de su pantalón.

UNA OPORTUNIDAD LABORAL

Cuando Dani llegó a casa por la noche, Sofía salió a recibirlo.

—Hijo, tengo una buena noticia.

—Hola, mamá —dijo al besar su mejilla—. Me alegro, necesitamos buenas noticias.

—Hoy me hablaron de una oportunidad de trabajo para ti.

—¿Un trabajo para mí?

—Sí, se trata de una oportunidad muy buena —hablaba con mucha ilusión—. Trabajarás como administrativo en una empresa que está en plena expansión. Me aseguraron que tendrás buenas posibilidades de futuro.

El gesto de Dani no mostró entusiasmo.

—Solo ocuparía tus mañanas y podrás seguir preparando tus oposiciones en la tarde —le dijo, y añadió—: Por cierto, ya pagué la renovación de tu matrícula en la academia donde preparas las oposiciones.

—¿Debo hacer alguna entrevista? —quiso saber Dani.

—¿Entrevista?

—Para el trabajo, mamá, ¿me entrevistarán?

—¡Ah! Sí, hijo, te esperan mañana para hablar contigo; estoy segura de que les gustarás y te contratarán.

—¿A qué hora?

—A las once de mañana.

—Mamá, tengo un compromiso que me tomará toda la mañana —advirtió—. Temo que no podré ir.

—Tu compromiso es con *La Causa*, ¿verdad?

—¿Por qué lo preguntas con ese tono de voz? —la pregunta surgió con irritación.

—Hijo —ella siguió hablándole con cariño—, debes ir a esa entrevista.

—¿Por qué cerraste esa entrevista sin consultarme?

—Porque necesitas... —matizó al cabo de dos segundos— necesitamos que trabajes y las empresas no se van a adaptar a tu agenda, debes adaptarte tú a ellas.

—¿Qué te hace pensar que tienes derecho a organizar mi vida?

—Tal vez sea porque estoy manteniéndote aunque tengas veintidós años y no contribuyas en lo más mínimo a los gastos del hogar. O tal vez porque te pago una academia para que prepares unas oposiciones, academia a la que no acudes y oposiciones que no preparas —no había acritud en la voz de la madre, pero un inmenso dolor se traslucía en su mirada—. Tal vez sea porque trabajo de sol a sol para que no te falte de nada, incluido un coche cuyas cuotas me ocupo yo de pagar. A cambio no recibo ni siquiera tu cariño. Todo tu esfuerzo se lo regalas a esa causa.

Dani la miró con la boca abierta por el asombro. Nunca la había visto así, y jamás le había hablado de esa manera. Aturdido, se dirigió a su cuarto y cerró con un sonoro portazo.

Sofía se llevó ambas manos al rostro. ¿Qué había hecho? ¿Qué había dicho? ¿Cómo pudo hablarle así a su hijo?

Corrió hacia el cuarto de Dani e intentó abrir la puerta, pero estaba bloqueada desde el interior. Con desesperación golpeó la madera con los nudillos.

—Hijo, perdóname, estaba muy nerviosa —siguió dando golpes a la puerta—. No quise decir lo que dije. Perdóname.

Dani se dejó caer en la cama y cerró los ojos, ignorando las súplicas de su madre. En ese momento, un sonido agudo llegó desde su teléfono. En la pantalla vio el recuadro del mensaje: "Dani, por favor, llámame...".

—¡Bufff! —resopló—. De nuevo Vanessa... —sin acceder a la totalidad del texto tiró el teléfono sobre el colchón. Su madre seguía llamando a la puerta y él sintió que la situación lo superaba, por lo que tomando la almohada se cubrió con ella la cabeza y cerró con fuerza los ojos.

Sofía desistió de su empeñó por hablar con Dani y llamó a Fran. Últimamente lo llamaba con frecuencia. Ese chico tenía la palabra justa para el momento preciso.

—Estoy desesperada —gimió al teléfono.

Cuando le hubo relatado lo acontecido con Dani se sintió más tranquila. ¡Qué verdad era eso de que una carga compartida pesa la mitad!

—Sofía —musitó el doctor—, ¿oíste hablar de Clint Eastwood?

—¿Te refieres al actor?

—Ese mismo, pues él dijo, y escúchalo bien: los tiempos difíciles crean hombres fuertes. Los hombres fuertes crean tiempos fáciles; los tiempos fáciles crean hombres débiles, los hombres débiles crean tiempos difíciles —pausó Fran para aclarar—. Por descontado que no solo hablamos de hombres, también de mujeres. Sofía, viviste tiempos difíciles que te han convertido en una mujer fuerte. Ahora, como mujer fuerte has creado tiempos fáciles para tu hijo, temo que esas facilidades lo convertirán en un hombre débil.

—¿Qué puedo hacer?

—¿Me permites que te hable con claridad? —quiso saber el doctor Gómez.

—Te lo suplico.

—Debes exigirle que trabaje o que se concentre con todo su interés y toda la energía en estudiar sus oposiciones. Cada moneda que inviertes en su formación debe ser aprovechada. Es más —añadió—, creo que debería tomar la alternativa que le has ofrecido de trabajar y estudiar.

—No es tan sencillo, Fran —lamentó la mujer—. En esta casa falta la presencia de un padre —estuvo a punto de decir "un padre como tú", pero logró callar a tiempo.

DEDICACIÓN EXCLUSIVA

Mientras tanto, Dani, en su cuarto, intentaba inútilmente dormir. Después de dar mil vueltas en la cama supo que no lograría conciliar el sueño sin antes haber tomado una decisión. Observó la hora en la pantalla de su teléfono, eran las nueve y veintitrés minutos.

—No creo que Fabián esté durmiendo —se dijo—, y necesito orientación.

Marcó el número de teléfono de su líder, aunque con pocas esperanzas de que atendiera su llamada. Cada vez era más inaccesible.

Para su sorpresa, Fabián respondió al tercer tono:

—¡Daniii! ¿Cómo está mi asistente favorito? —la adulación sonó demasiado artificial, no obstante siguió dorando la píldora—. ¿Te he dicho alguna vez que te considero mi mano derecha?

—Gracias, Fa. Discúlpame por molestarte...

—¿Molestarme? ¡Dani, tú nunca molestas!

—Te llamo porque debo tomar una decisión y necesito que me orientes.

—Soy todo oídos —le dijo.

Dani le comentó la conversación que mantuvo con su madre. Le habló del trabajo y del futuro prometedor que podía haber; también le contó lo de la entrevista que Sofía había concertado para el día siguiente.

—Escúchame, Dani —el líder se aclaró la garganta y habló con aplomo—, nosotros te consideramos una promesa de presente y de futuro. Sería una lástima que des tus fuerzas a temas tan triviales, cuando con lo que haces aquí estás afectando destinos, e incluso eternidades.

—Pero en casa necesitamos el dinero que podría conseguir en ese trabajo. Ahora mismo solo trabaja mi madre, y el dinero no alcanza.

—Tu madre es fuerte —repuso el líder—. No deberías sentirte culpable porque ella trabaje, ¿acaso preferirías tenerla en casa todo el día viendo telenovelas o programas de chismes? Es joven y saludable, si el dinero no alcanza, ¿no podría trabajar más horas?

Dani se preguntó si de verdad había escuchado bien.

—¿Te refieres a mi madre? ¿Que si puede trabajar más horas? —lo preguntó sin acritud, solo con sorpresa.

—De ese modo tú podrías dedicarte con más serenidad a *La Causa*.

—Trabaja todo el día. Sale temprano de casa y cuando regresa ya es de noche.

Hubo un lapso de silencio; cuando Fabián volvió a intervenir lo hizo con un tono diferente, casi lastimero.

—Ojalá nosotros pudiéramos ayudarte —dijo con voz lastimera—. Algún día *La Causa* contribuirá a tu sostenimiento, pero por ahora no es posible. Confío en que sin tardar mucho comencemos a darte alguna asignación que progresivamente se irá incrementando. Mientras tanto, ¿crees que podéis recortar algún gasto? Ya sabes, no es más rico el que más tiene, sino el que menos necesita.

—No tenemos otros gastos que no sea el pago de la casa, además de los suministros de luz y agua y mi academia, que, por cierto, cuesta bastante dinero.

—¿Por qué vas a esa academia?

—Estoy preparando unas oposiciones para la Administración Local, creo que te lo dije. Si las apruebo tendré un trabajo estable para toda la vida.

—¿No te parece ridículo invertir tiempo en estudiar para algo a lo que no vas a dedicarte? —la voz destilaba ahora más crudeza—. Tú has sido llamado a dedicar tu vida a *La Causa*. No malgastes tiempo, fuerzas ni recursos.

—Mi madre acaba de pagar los setecientos euros de la matrícula de este semestre.

—¿Qué más da eso? —replicó con exceso de dureza—. A veces hay que perder para luego ganar. Debes dejar de estudiar, solo tienes una vida, inviértela en lo que de verdad es importante.

Tras unas breves palabras aduladoras más, Dani quedó convencido y colgó el teléfono sintiéndose culpable por las dudas que tuvo con respecto a lo que debía hacer. Envidió a Fabián, que tenía las cosas tan claras. ¿Cómo era posible que hubiese pensado en formarse para dedicar su vida a otra cosa que no fuera *La Causa*?

La decisión estaba tomada: no iría a esa entrevista, y aunque por ahora no le diría nada a su madre, tampoco iría más a la academia. Dejaría de preparar sus oposiciones. Cerró sus ojos, seguro de que ahora sí lograría dormir.

Por su parte, Fabián prendió su televisor de ciento cincuenta pulgadas, y se dejó caer en el confortable sofá de piel. A su lado, su esposa se dejaba arreglar las uñas por la especialista que la asistía a domicilio. En la habitación, sus dos hijos terminaban de recibir las clases de refuerzo. Sus padres ya habían decidido que uno estudiaría medicina y el otro sería un prominente abogado.

CIRCUNSTANCIA INESPERADA

Pareciera que Vanessa por fin se había dado por vencida. En la última semana Dani no tuvo noticias de ella, aunque ni un instante logró sacarla de su pensamiento.

Aquella tarde acababa de aparcar su vehículo cerca de la sede para acudir a una reunión que la cúpula celebraba. Apenas se hubo desabrochado el cinturón de seguridad para descender del automóvil, cuando la inconfundible resonancia procedente del teléfono le anunció la entrada de un mensaje de texto. La notificación en pantalla dejaba ver que la remitente era Vanessa, y alcanzó también a ver las dos primeras líneas: "Necesito hablar contigo, Dani, es muy urgente...".

No accedió al mensaje; precisaba estar en la mejor condición emocional para no defraudar la confianza del líder.

Algo perturbado silenció el teléfono y entró a la sede.

La reunión discurría sin grandes novedades hasta que Fabián anunció que prepararían un evento de gran magnitud. Traerían a los oradores más famosos y reconocidos de Europa, con el fin de reunir una multitud, miles de personas que serían potenciales adeptos para *La Causa*.

El entusiasmo de Fabián era contagioso y todos estaban entusiasmados.

—Dani, quiero que te ocupes de todas las gestiones para la contratación de un Palacio de Congresos —y apuntó Fa—; sabrás bien cómo hacerlo, eres magnífico en eso.

—Ten en cuenta que debe ser un lugar céntrico —advirtió Salva— y que esté bien comunicado

—Que haya transporte público para los que no acudan en su coche —apuntó Hugo.

—La capacidad no debe ser menor de dos mil personas —intervino Mateo.

—No agobiéis a Dani —replicó el líder—. Es un tipo sobradamente preparado para organizar eventos —y palmeando la mano que Dani tenía sobre la mesa, concluyó—. Eres el mejor, amigo.

Agradeció con una sonrisa mientras sacaba su teléfono y procedía a escribir todos los detalles en el bloc de notas del dispositivo. Redactaba los pormenores de la misión que le habían encomendado cuando el recuadro de un nuevo mensaje apareció en la pantalla. Se alegró de haber silenciado el teléfono, pero alcanzó a ver que de nuevo era Vanessa: "Dani, como seguramente no responderás a mi anterior wasap, te lo comunico aquí mismo, lo que debo contarte es muy importante...".

Esta vez si abrió el mensaje y continuó leyendo: "Si no me respondes tendré que buscar ayuda en otro lado, y seguramente quedarás expuesto. No quiero dañarte, por eso te doy esta última oportunidad de hablar conmigo".

La expresión "quedarás expuesto" provocó una bruma de pánico que nubló su visión, a la vez que una náusea seca se instalaba en su garganta.

Casi inmediatamente otro wasap entró, también de Vanessa e igualmente directo: "Sé que me amas, y sabes que te amo, por eso no quiero hacerte daño, pero si no das la cara saldrás perjudicado. No me obligues a hacer algo que no deseo".

Dani se disculpó con sus compañeros y corrió hacia el baño, donde vomitó de manera incontrolable.

CONFESIÓN

Pasó toda la noche en vela, dando mil vueltas en la cama e incapaz de quitar de su mente la imagen de Vanessa, a la vez que mil opciones amenazantes surcaban su pensamiento.

Es cierto que la noche magnifica los temores y sobredimensiona los riesgos. Dani imaginó a Vanessa apareciendo en uno de los encuentros que celebraba *La Causa* y vociferando que uno de los líderes se había acostado con ella.

Cuando los primeros rayos de luz se filtraron por la persiana, Dani tenía decidido que ese día hablaría con Fabián.

"Seguro que Fa me ayudará —reflexionó mientras preparaba su café, más necesario que nunca—. Él es comprensivo; disculpará mi error y me animará a seguir adelante. Descargaré mi conciencia y quedaré en paz".

A las nueve y treinta minutos de la mañana marcó el número de Fabián, pero nadie respondió a la llamada. Lo mismo hizo a las diez y también a las diez y treinta minutos... imposible contactar con él.

A las once y quince minutos, incapaz de esperar más, dejó un mensaje en el buzón de voz. Un mensaje lleno de dramatismo en el que explicaba la urgente necesidad de que hablasen.

Una hora después, Fa devolvió la llamada:

—¡Daniii! ¿Qué ha pasado? ¿Estalló la tercera guerra mundial? ¿Ha explotado el apocalipsis? Chico, ¡cinco llamadas y un mensaje terrorífico! ¿Qué te pasa?

—Necesito que hablemos, es urgente...

—Me viene fatal —lamentó Fa, recordando que su equipo favorito jugaba esa tarde y tenía entradas para verlo—. ¿Puedes esperar a mañana?

—Necesito que hablemos hoy...

—Me estás asustando —dijo—, adelántame algo.

—Es algo muy personal. ¿Podemos vernos ahora? —casi le rogó.

—Pásate por la sede a las cuatro en punto —replicó Fa, calculando que de ese modo podría dar a Dani el tiempo justo y llegar con calma al campo de fútbol.

A las cuatro menos tres minutos Daniel entró a la oficina. Sentía que le sudaban las manos y se le hacía difícil respirar.

—¿Y bien? —Fabián fue directo— Cuéntame eso que es tan urgente. Soy todo oídos.

—Tiene que ver con Vanessa y conmigo... quiero que sepas que la amo —inmediatamente que lo hubo dicho se dio cuenta de que era imposible haber empezado peor.

—¿Vanessa? —repitió Fabián sin intentar ocultar su furia—. ¿Amas a Vanessa? ¿Acaso no te quedó bien claro que con esa chica relación cero? ¡Ese punto es innegociable!

Intimidado por la mirada de Fa, decidió no andarse con rodeos.

—Hace unos tres meses fui a verla a su casa... ella estaba sola... cenamos y hablamos mucho tiempo...

La mirada del líder estaba fija en los ojos de Fabián, seria, intimidatoria...

—No estaba premeditado, pero terminé acostándome con ella.

—¿Te acostaste con ella? —amusgó la mirada Fabián—. ¿Quieres decir que dormiste con ella?

—Tuve relaciones.

—¿Tuviste sexo con Vanessa? —apoyó ambas manos en la mesa y se incorporó, dejando que su cuerpo casi hiciera sombra a Dani. El rostro de Fabián estaba a escasos centímetros del de Dani, lo miraba con fijeza, sin parpadear. Incapaz de sostener la mirada, Dani agachó la cabeza y guardó silencio.

—¿Tuviste sexo con ella? —volvió a preguntar Fabián, esta vez hablando lentamente y marcando cada sílaba.

—Sí —fue todo lo que Dani dijo, y ante el silencio de Fabián, alzó la cabeza y repitió—. Sí, tuvimos relaciones. Lo siento mucho... sé que hice mal, y estoy arrepentido. Necesito que me ayudes.

Fabián se dejó caer de nuevo sobre su silla; su mirada pasó de la dureza a la rabia incontrolada.

—¿Necesitas que te ayude? ¿Eso me dices? —marcaba el sonido de las eses de tal modo que recordaba de forma estremecedora a una serpiente—. Para acostarte con ella no precisaste ayuda, ¿verdad?

Dani no fue capaz de responder ni tampoco logró mantener la mirada.

Las pupilas de Fabián adquirieron un brillo acerado. Con un ademán casi violento tomó un folio y comenzó a escribir en él. Dani observó durante cerca de tres minutos. No alcanzaba a ver lo que Fa escribía, y sus dificultades para respirar se incrementaban

—¿No vas a decirme nada? —casi le susurró Dani.

Ignorándolo, Fabián tomó su teléfono y marcó.

—Podéis pasar —fue todo lo que dijo, cuando el interlocutor remoto atendió la llamada.

Apenas tres segundos después la puerta de la oficina se abrió; Salva, Hugo y Mateo accedieron al despacho.

—No me equivoqué al pediros que estuvierais aquí —repuso Fa—. Imaginé que tanta insistencia de Dani por verme no obedecería a nada positivo. El jovencito a quien dimos nuestra confianza incorporándolo al consejo, se acuesta con mujeres que ni siquiera profesan *La Causa*.

Daniel quedó perplejo. Había solicitado un encuentro privado con la expectativa de vaciar su conciencia y encontrar dirección, y ahora estaba siendo expuesto de la manera más descarnada posible.

—¿Cómo pudiste hacer algo así? —escupió Salva—. El voto de castidad es una condición innegociable en *La Causa*.

—Lo... lo siento... —tartamudeó Dani—. Lo lamento mucho... estoy arrepentido, de verdad...

—¿Eso es todo lo que tienes que decir? —la voz de Fabián destilaba cólera.

—No sé qué más decir —reconoció—. Siento de verdad lo que hice, por eso vine a confesarlo.

Los ojos de Dani recorrieron el rostro de los presentes buscando un atisbo de compasión. La mirada de Salva echaba chispas y la de Hugo mostraba un silencioso desprecio; Mateo movía una y otra vez la cabeza, de izquierda a derecha... de derecha a izquierda.

—Sentaos —pidió Fabián—. He redactado unos pasos imprescindibles para abordar este lamentable caso.

Tomó el folio sobre el que estuvo escribiendo y leyó:

—Dani, quedas excluido del consejo y de toda actividad en *La Causa* —sentenció—. Por ahora puedes seguir reuniéndote con nosotros, bajo la condición de que en el próximo encuentro pidas perdón públicamente. En este folio he marcado algunas pautas que debes incluir en tu comunicado a la asamblea.

—¿Pedir perdón públicamente? ¿A qué te refieres? —quiso saber Dani—. ¿Cómo debo hacer eso?

—Con toda la claridad posible —explicó Fabián—. Te daré paso durante la reunión y explicarás a los congregados lo que hiciste.

—¿Con detalles?

—Con lujo de detalles...

—¿Debo dar nombres?

—Y apellidos.

—¿Me pides que exponga a Vanessa a esa vergüenza pública?

—¿Te parece normal haber traicionado la confianza que depositamos en ti?

—Esperaba gracia y perdón —replicó—, y no un juicio tan descarnado.

—Lo hacemos porque te queremos, Dani. Si nos diera igual tu vida, lo pasaríamos por alto —era increíble la capacidad de Fabián para modificar sus registros de voz. Ahora utilizaba uno que casi sonaba maternal—. Porque te amamos es que aplicamos esta disciplina. En este momento estás bajo juicio y maldición del cielo. La paga del pecado es muerte, en la confesión hay libertad y perdón.

—Pero ya confesé, Fabián... por eso vine a hablar contigo, para confesar.

—Tu acto no me daña solo a mí, sino a todos los congregantes, por eso debe haber una confesión pública —le explicó el líder—. No eres un miembro cualquiera, eres... ¡eras!... uno de los dirigentes. Ahora debes ser ejemplar en tu arrepentimiento. Lo que hiciste en secreto debes confesarlo en público —y tras una breve pausa, inquirió—. ¿Qué nos dices al respecto?

Dani no dijo nada, solo pensaba. Sopesaba las implicaciones de esa confesión pública tan obscena. No supondría únicamente una exposición personal, también quedaría expuesta Vanessa, la vergüenza salpicaría a Sofía, su madre. Demasiados daños colaterales.

Consciente de la batalla mental que Dani enfrentaba, Fabián advirtió:

—Debes saber que la asamblea conocerá los hechos, quieras o no confesarlos. Si no eres tú seré yo quien lo diga, y probablemente no logre ser muy cuidadoso al exponerlo. Es con amor cristiano que te ofrezco la posibilidad de redactar y trasladar tú mismo el comunicado.

—¿En la reunión del sábado? —su voz sonó atenuada por el miedo.

—En la del domingo —decidió Fabián—. Es nuestra reunión principal y la que tiene mayor convocatoria.

Movido por el terror mucho más que por la convicción, aceptó. Solo faltaban tres días, pero se le antojarían tan largos como mil vidas.

Apenas Dani hubo abandonado la oficina, Fabián gritó fuera de sí:

—¡Quiero que esa chica desparezca! —se inclinó hacia Salva, y con ojos que echaban chispas bufó en su cara—. Te dije que hicierais lo que fuera necesario. ¡No quiero que nos dé más problemas!

DESTRUIDO

Tras el suplicio y vergüenza que había enfrentado el domingo, el lunes Dani no tenía fuerzas para levantarse de la cama. Una frase del libro "Una pena en observación", escrito por su autor favorito, Clive Staples Lewis, vino a su mente: "Nadie me habló de la pereza que produce la pena, ni fuerzas para asearme tenía. Afeitarme se me hacía imposible".

Exactamente eso sentía Dani. Lo acontecido la tarde anterior supuso un desgaste tan inmenso que quedó vacío.

La pavorosa vergüenza de confesar con nombres y apellidos los hechos acontecidos lo destruyó. Había intentado no mirar al rostro de los oyentes, pera aun así mil imágenes quedaron registradas en su mente: cabezas que se mecían a derecha e izquierda en un gesto de reproche; algunos se llevaron ambas manos al rostro en ademán de espanto, otros abrieron la boca desmesuradamente, varios padres y madres abandonaron la sala llevándose a sus hijos para que no siguieran escuchando.

Llegó a casa destruido y se fue a la cama sin cenar. La noche fue espantosa, ni un minuto logró dormir, y ahora era incapaz de incorporarse de la cama.

Cuando esa tarde de lunes Sofía regresó de su trabajo, se extrañó de ver a su hijo en casa. No era normal que Dani llegase antes de las diez de la noche. También le extrañó que tuviera puesta la pijama; ella ignoraba que no se la había quitado en todo el día.

—¡Qué sorpresa! —le dijo abrazándolo y besando su mejilla—. ¿A qué se debe el honor de ver a un caballero guapo esperándome en mi casa?

—Te preparé algo de cenar, mamá —le dijo.

—¡Dios mío! Qué alegría —sonrió Sofía y de nuevo lo abrazó—. ¿Es mi cumpleaños y lo he olvidado?

Se sentaron a degustar la ensalada tibia que Daniel había preparado, pero Sofía observó que su hijo no comía, solo picoteaba y esparcía la comida por el plato.

—¿Por qué no comes?

—No tengo apetito —le dijo—; tranquila mamá, cena tú, yo te acompaño.

—Hijo, te ocurre algo —dejó el tenedor, se limpió la comisura de los labios con la servilleta y repitió—; sé que te ocurre algo, cuéntamelo, por favor.

Dos gruesas lágrimas asomaron a los ojos de Dani. Al verlo, Sofía se asustó, y acercando su silla a la de él, tomó la mano de su hijo entre las suyas. Hacía más de un año que no lo veía llorar, y las últimas veces fueron lágrimas vinculadas a los periodos más graves que requirieron terapia urgente. Sofía sintió terror al percibir de nuevo el aliento de la depresión en la nuca de su hijo.

—Cuéntame qué te ocurre, por favor.

No tuvo que insistir mucho, pues Dani necesitaba ventilar su alma. Estaba intoxicado de miedo, por lo que rompió a hablar, contándole a su madre todo lo sucedido en el último tiempo.

Sofía se estremeció al escuchar cómo *La Causa* había sometido a su hijo a una inestable y peligrosa montaña rusa de emociones. Lo que más le aterró fue constatar la gran dependencia que su hijo tenía de aquel grupo, y el pánico a ser abandonado emocionalmente por ellos.

Por último, Dani relató la cena en casa de Vanessa.

—¿Cenaste con Vanessa? —Sofía no pudo evitar que su voz sonase a fuerte reproche—. ¿Acaso has regresado con ella después del daño que te hizo? ¿Recuerdas que te destruyó?

—La amo y ella me ama... pero mamá, no es de eso de lo que quiero hablar. Escúchame, por favor.

Relató lo ocurrido entre Vanessa y él después de la cena. Refirió cómo fue a hablar con Fabián para descargar su conciencia, y la reacción del líder, exigiéndole que hiciera una confesión pública.

—¿Te pidió que les contases a todos lo que hiciste? —no daba crédito a lo que oía—. Hijo, no puedo compartir que regreses con ella, al menos no por ahora. Creo que no estuvo bien que durmieses con esa chica —le dijo—; pero nadie tiene derecho a destruirte, ni a arruinar tu reputación, ni tu honorabilidad, por algo así. El valor de una vida no lo determina un éxito puntual, ni un error aislado, sino una trayectoria. No debes aceptar exponerte de esa manera. ¡No tienen derecho a pedirte eso! Por lo que más quieras, diles que no lo harás.

—Ya lo hice, mamá...

—¡¿Ya lo hiciste?! —tras la pregunta mantuvo la boca abierta por el asombro.

—Ayer.

—¿Estás diciéndome que te inmolaste públicamente?

—Era la única manera de que hubiera paz con el consejo.

—¿Y la paz contigo mismo? —junto a la interrogante, brotó un sollozo de la garganta de Sofía—. ¿Acaso eso te ha hecho sentir paz?

Dani mantuvo unos segundos la mirada en los ojos anegados de su madre, y negó lentamente, llevando la barbilla de hombro a hombro.

—No tengo paz, mamá... solo tengo miedo.

Observó a Dani. Veintidós años..., tenía el aspecto de, por lo menos, cuarenta y dos, y en su gesto denotaba sentirse un siglo más viejo.

—Esto puede hundirte, hijo —gimió Sofía—. ¡Por favor, ve a hablar con Fran! —sin aguardar respuesta, tomó su teléfono y marcó el número del doctor—. ¡Fran —casi lo gritó en cuanto el psicólogo atendió la llamada—, mi hijo necesita hablar contigo!

TERAPIA DE CHOQUE

A la mañana siguiente, a las nueve en punto, Dani estaba en la consulta. Esta vez no hubo refresco; tampoco hubo presunción ni arrogancia en el chico. Habló y habló, desbordando todas sus emociones.

—¿Cómo es esa frase que te dijo tu madre anoche? —inquirió Fran—. ¿Puedes repetirla?

—¿Lo del éxito puntual y el fracaso aislado?

—Esa misma —afirmó—. Me parece brillante.

Dani abrió el bloc de notas de su teléfono y lo leyó:

— "El valor de una vida no lo determina un éxito puntual, ni un error aislado, sino una trayectoria". Me gustó mucho, por eso lo anoté... la he leído más de cien veces.

—Es brillante —admitió Fran—, y encierra una verdad enorme. Dime, Dani, ¿por qué aceptaste exponerte en público el domingo pasado?

—Me aterraba la idea de vivir condenado. Necesito estar en paz con Dios.

—¿Sientes ahora esa paz que dices necesitar?

La pregunta fue tan directa que dejó a Dani pensativo. Fran respetó su silencio, sabía que el chico reflexionaba.

—Vergüenza, eso es lo que siento —reconoció—. Solo eso.

—¿Acaso piensas que Dios otorga su paz a cambio de una humillación pública como esa? ¿No es más propio que un padre, y Dios lo es, nos perdona cuando acudimos a Él en la intimidad para mostrar nuestro arrepentimiento?

Dani solo asentía con movimientos de cabeza, pero no tenía argumentos, ni tampoco fuerzas para exponerlos.

—Han pasado tres días desde que hiciste eso —le recordó el doctor—. ¿Mostraron cercanía y solidaridad tus amigos de *La Causa* tras tu gesto de obediencia extrema?

—No he tenido ninguna noticia de ellos desde el domingo —reconoció; y enseguida añadió—: Yo solo quiero comprensión. No creo que sea pedir demasiado.

—Fui a un McDonald's —dijo Fran—. Pedí un plato de espagueti y una copa de vino. ¿Crees que me lo dieron?

—Imagino que no —respondió Dani.

—Por supuesto que no —afirmó el doctor—. No pedía demasiado, pero estaba pidiéndolo en el lugar equivocado.

Asintió el joven, captando lo que Fran quería decirle.

—Escucha, Dani, no puedes pedir gracia a quien está seco de ella a causa del autoritarismo. Casi puedo intuir la táctica que ahora despliegan contra ti los líderes de *La Causa*. Están aplicando "La ley del silencio", también conocida como "Látigo del silencio" o "Martillo del silencio". En una especie de pacto todos enmudecen. El silencio es la peor de las sentencias. Un puñal de hielo que atraviesa el corazón de la víctima, desgastado de amar y agotado por servir incondicionalmente —señaló a Dani con su dedo índice derecho—: tú eres ese corazón gastado, y contra ti aplican ahora esa ley. La ley del hielo es un comportamiento en el que uno de los implicados decide ignorar, evitar o rechazar emocionalmente al otro. Es como si se formara una barrera de hielo entre ambos, impidiendo la comunicación o el contacto emocional.

—Nunca imaginé que quien se comportó como un salvavidas llegaría a convertirse en un verdugo —lamentó Dani—. Fabián fue mi bote salvavidas en medio del mar de desolación que me tragaba. No logro asimilar que sea ahora quien me está destruyendo.

—Yo no lo veo como un verdugo, sino como una víctima —repuso Fran—. Ese muchacho sufre de un severo complejo de inferioridad —reflexionó un instante—. Un complejo que probablemente tenga su raíz en unos padres autoritarios y muy poco afectivos.

—¿Eso piensas?

—Eso sé —lo dijo sin atisbo de duda—. He investigado a tu líder, y me he llevado interesantes sorpresas. Su padre lo educó en la manera más severa, radical y autoritaria que puedas imaginarte. Luego, con su autoestima ya tocada, tuvo problemas de aceptación en la escuela y no fue nunca capaz de destacar por ningún valor. Ya sabes, si uno tiene dudas de que sus padres lo amen, su análisis de la cuestión es la siguiente: "Si mis padres, que son quienes mejor me conocen, no me aman, es porque no merezco ser amado". Y esas criaturas crecen con una frase grabada en su frente, un enunciado que no es visible en el ámbito natural, pero es totalmente perceptible en el ámbito psicoemocional. La frase dice "NO ME AMO", entonces, nuestra sociedad, que no se caracteriza por grandes arranques de empatía, lo que dice es: "Si tú no te amas, ¿por qué habría de amarte yo?". Por lo que esas personas crecen aisladas y marginadas.

—¿Opinas que es el caso de Fabián?

—Ahora "ese líder" —siguió argumentando Fran, sin responder a la pregunta directa de Dani—, compensa su complejo con la posición a la que ha llegado. Su posición es su muleta para caminar. Por eso cuida celosamente su cargo y es obsesivo con su función.

Dani estaba concentrado en el mensaje del doctor. Callaba, observando con fijeza y bebiendo cada parte del mensaje. Fran intuyó que era momento de seguir hablando:

—Pero tú debes cuidarte —recomendó—. Nuestra estabilidad, y eso incluye el aspecto mental y emocional, está condicionada a las personas de las que nos rodeamos. Hay personas a cuyo lado uno siente crecer. Son relaciones nutritivas; una hora a su lado proporciona alimento emocional y espiritual para varios días. Un día en su compañía nos nutre para muchos meses.

»Del mismo modo hay relaciones que drenan, vacían e intoxican. La calidad de nuestras relaciones determina la calidad y frescura de nuestra vida. Ser selectivo no es ser egoísta. "Dime con quien andas y te diré quién eres", no es una exageración sino una verdad de primer orden. Cuida tus relaciones y estarás cuidando tu vida —reflexionó un instante Fran, antes de añadir—. David, y me refiero al personaje de la Biblia, fue pastor de ganado y también rey. Es decir, conoció los diferentes estratos de la sociedad. Pisó barro y caminó también sobre oro. Él tuvo una máxima en su vida que declaró abiertamente: *No paso tiempo con mentirosos ni ando con hipócritas. Detesto las reuniones de los que hacen el mal y me niego a juntarme con los perversos* (Salmo 26:4-5, NTV). Tuvo bien claro cuál debía ser su círculo de relaciones; no es extraño que prosperara.

La atención de Daniel era notoria, y era evidente que había acudido a la cita con una clara disposición de escuchar, y por supuesto que Fran no iba a desaprovechar una ocasión como esa, por lo que siguió hablando:

—Acabas de decirme que el domingo aceptaste la vergüenza de la exposición pública porque te aterra sentirte condenado por Dios. ¿Crees que a Dios le hace feliz que sientas terror de Él? —no aguardó la respuesta, sino que hizo una acotación—. Sirvo a Dios porque lo amo, y lo amo porque Él me amó primero.

El doctor tomó un folio en blanco, y aquel ademán trasladó a Dani hasta el pequeño cubículo donde tuvo el encuentro con Fabián el día de su confesión. Un escalofrío recorrió su espina dorsal al ver cómo el doctor trazaba letras sobre aquella superficie blanca. Revivió con un realismo atroz la encerrona que le hizo el líder.

Cuando Fran terminó de escribir, giró la hoja para que Daniel pudiera ver el esquema que había desarrollado.

—Mira Dani, lo que aquí intento reflejar es que el amor de Dios cumple el perfil de las tres íes —con su dedo índice fue marcando cada una de las iniciales—. Su amor es Insondable, es decir, nadie puede medir la cantidad, intensidad y dimensión de ese amor.

»Además es Incomprensible, y valdría utilizar también la "I" de Inefable, Inenarrable e Inexplicable. Por más que nos empeñemos en comprender y verbalizar cuánto y cómo nos ama, no podremos hacerlo.

»Finalmente es Inmarcesible, y eso significa que nada lo marchita o descompone —miró fijamente a Dani, y este vio que aquellos ojos eran inequívocamente sinceros y llenos de ternura—. Nada bueno que hagas logrará que Dios te ame más, y nada malo que hayas hecho, o puedas hacer, provocará que Dios te ame menos. Él no te ama por lo que haces, te ama por quién eres: eres su hijo —se recostó en su silla, y tras un calculado silencio, concluyó la idea—.

»Lo que acabo de decirte no supone una licencia para vivir sin límites ni principios, por supuesto que no. Saber que me ama no me hará burlarme de ese amor, sino que me motiva a no defraudarlo. Vivo en integridad por amor y no por terror. No es el miedo, sino el amor que le profeso lo que me hace buscar la santidad.

Dani mantuvo la mirada sobre aquel folio, mientras un cosquilleo de paz intentaba abrirse paso en su alma. La imagen de Fran escribiendo lo había trasladado al aciago encuentro con Fabián, pero hasta ahí llegó el parecido. En aquel lugar encontró juicio descarnado, ahora se sentía arropado por un cálido manto de afecto y de perdón. Lloró de gratitud al sentir que sus errores no marcaban el final, sino la oportunidad de un nuevo comienzo.

Fran palmeó la mano que Dani tenía sobre la mesa. Al verlo tan conmovido, se paró y ocupó la silla de confidente, junto a la del chico. Poniendo su mano sobre el hombro de Dani, le instó:

—No te dejes amarrar por el miedo. Dios no quiere que sientas terror, sino amor. Lo que hiciste no fue bueno, y me alegra que tú mismo seas consciente de ello, pero todos valemos mucho más que el peor error que hayamos cometido. No hay pecado, por horrendo y vergonzoso que sea, que resista el poder del arrepentimiento y la autoridad de la Gracia de Dios.

—¿Quieres decir con eso que no todo está perdido?

—A veces nuestros errores nos empujan a lo que luego serán los grandes aciertos, del mismo modo que nuestras flaquezas pueden ser el dedo índice que señala a nuestras fortalezas y nos ayudan a descubrirlas —y añadió Fran—: Sé que amas la lectura y seguramente sabes quién es Lewis Carroll.

—¡Claro! —dijo Dani—. El autor del cuento "Alicia en el país de las maravillas".

—Correcto. Muchos saben que sufría tartamudez, pero pocos conocen que el resto de sus hermanos, en total eran once, también eran tartamudos. Se sabe, además, que padeció sordera durante sus primeros años de vida y se cree que fue obligado a escribir con la mano derecha, cuando en realidad era zurdo, siendo presionado para corregir su propia naturaleza. Lo que parecía ser un suplicio se convirtió en la forja de un temperamento metódico y disciplinado. Al no saber hablar bien comenzó a escribir. Además, su tartamudez impidió a Lewis ingresar en el seminario para ser sacerdote, como era su deseo.

»Pero ninguno de estos problemas que marcaron tanto su infancia significaron un freno para que Carroll se entregara fervorosamente a la lectura y posteriormente escribiera "Alicia en el país de las maravillas", una de las obras más revolucionarias de su tiempo que marcaría un antes y un después en la literatura infantil. Sus flaquezas lo empujaron a descubrir su gran fortaleza.

—¡Qué historia tan inspiradora! —un brillo de esperanza encendía las pupilas de Dani—. Entonces hay esperanza para mí. Podré servir a Dios, ¿verdad?

—Por supuesto que sí —aseguró Fran—, pero debes servirlo desde el amor y no desde el temor. Es posible servir sin amar, pero es imposible amar sin servir. Te sugiero que anotes en tu bloc de notas esa frase que acabo de decir y reflexiones en ella. Si fuera el miedo lo que me mueve a servirle, sería el más miserable de los seres humanos, pero el amor que le profeso me lleva a servirle cada día con un brillo agradecido en mis ojos y una sonrisa en el alma.

»Y sirvo a Dios sirviendo a mis semejantes. Ese amor me mueve a servirles a ellos, y no a servirme de ellos, porque la verdadera grandeza no radica en cuántos sirvientes tengo, sino en a cuántos soy capaz de servir. El genuino liderazgo se sustenta en cuánto doy y no en cuánto obtengo.

»La Biblia no guarda silencio al respecto, al contrario, desborda con el mensaje de servirles a ellos, y no servirme de ellos —tomó Fran la Biblia que reposaba sobre su mesa y la hojeó hasta localizar el texto que buscaba. Entonces lo leyó en voz alta—: *Porque Dios no es injusto para olvidar vuestra obra y el trabajo de amor que habéis mostrado hacia su nombre, habiendo servido a los santos y sirviéndoles aún* (Hebreos 6:10).

El doctor tomó una nueva hoja de papel y sobre ella escribió velozmente, como el médico que estuviera prescribiendo el remedio a una enfermedad.

—Dani, me gustaría que luego, cuando estés a solas, leas estas citas bíblicas que aquí te he escrito. Medita en ellas, por favor, ese es el tratamiento que por ahora te prescribo.

Salió renovado de aquella cita; y aquella noche, antes de dormir, tomó la Biblia y leyó uno por uno los versículos anotados por el doctor.

El que es el mayor de vosotros, sea vuestro siervo.

Mateo 23:11

Porque el Hijo del Hombre no vino para ser servido, sino para servir, y para dar su vida en rescate por muchos.

Marcos 10:45

El amor sea sin fingimiento. Aborreced lo malo, seguid lo bueno. Amaos los unos a los otros con amor fraternal; en cuanto a honra, prefiriéndoos los unos a los otros. En lo que requiere diligencia, no perezosos; fervientes en espíritu, sirviendo al Señor; gozosos en la esperanza; sufridos en la tribulación; constantes en la oración; compartiendo para las necesidades de los santos; practicando la hospitalidad.

Romanos 12:9-13

Así que, según tengamos oportunidad, hagamos bien a todos, y mayormente a los de la familia de la fe. Gálatas 6:10

En todo os he enseñado que, trabajando así, se debe ayudar a los necesitados, y recordar las palabras del Señor Jesús, que dijo: Más bienaventurado es dar que recibir. Hechos 20:35

Y respondiendo el Rey, les dirá: De cierto os digo que en cuanto lo hicisteis a uno de estos mis hermanos más pequeños, a mí lo hicisteis. Mateo 25:40

Servíos por amor los unos a los otros. Porque toda la ley en esta sola palabra se cumple: Amarás a tu prójimo como a ti mismo. Gálatas 5:13-14

Una verdad incuestionable iba tomando forma en el pensamiento de Dani: la Biblia desborda con el mensaje "sirve a los demás", y en ningún lugar nos brinda la opción de "sírvete de los demás".

SUEÑOS PERTURBADORES

Había transcurrido un mes desde su confesión pública y Dani seguía despertándose durante la noche, reviviendo las duras sensaciones que tuvo antes, durante y después de hacer su comunicado público. La vergüenza resultó tan atroz que produjo graves heridas en su alma, y estas aún dolían.

Perdió el apetito, perdió el sueño y varias veces deseó perder la vida.

Mientras tanto, la distancia con Vanessa se mantuvo.

Era la quinta noche en ese mes que la pesadilla lo despertaba. Sentado sobre el colchón respiraba agitadamente; su frente estaba perlada de sudor y la leve tela de su pijama estaba húmeda y pegada a su torso. Casi era perceptible el estremecimiento del fino tejido de la camisa sobre su corazón desbocado.

De nuevo le sobrevino ese sueño aterrador donde los monstruos eran sus mejores amigos —quienes antes lo fueron—, y los instrumentos de tortura consistían en un puñado de frases y toneladas de silencios. No se trataba de una sangrienta trama con hirientes diálogos, peor que eso, se acercaba más al cine mudo, con gestos, desaires y el hielo de la indiferencia.

Los dígitos rojos del reloj anunciaban las tres y diecisiete minutos de la madrugada, y Daniel tuvo dos certezas: esa noche ya no dormiría, y la jornada que aún tardaría cuatro horas en amanecer estaría llena de ansiedad.

Sentía seca la boca. El paladar de su alma, sin embargo, chorreaba una amalgama de emociones entre las que prevalecían pánico, angustia y zozobra. ¡Qué siniestra paradoja que las iniciales de esas tres emociones compusieran la palabra PAZ! El tesoro que había perdido hacía ya varios años. ¡No!, eso no era cierto; no lo perdió, se lo robaron, y aquel expolio lo dejó a la deriva y en bancarrota emocional.

Se dejó caer sobre la almohada, sentía la familiar presión en el pecho que, como siempre, llegaba acompañada de dificultad para llenar de aire sus pulmones. Sabía cómo debía actuar para evitar que el episodio de ansiedad desembocase en una severa crisis: a oscuras tanteó en el cajón de la mesita de noche hasta localizar la pequeña caja rectangular de cartón que contenía Lorazepam. Con sus dedos índice y pulgar hizo presión sobre el blíster que, con un leve chasquido, liberó el comprimido. Lo introdujo bajo la lengua, cerró los ojos e intentó calmarse.

Cuando aparezca la crisis —le indicó el psicólogo— debes desarrollar la técnica de respiración 4-7-8. Es la "respiración relajante", consiste en inspirar durante cuatro segundos, retener la respiración durante siete segundos y exhalar durante ocho segundos. Es muy efectivo para reducir la ansiedad.

Manteniendo los ojos cerrados, inspiró profundamente, contando para sus adentros: *uno, dos, tres, cuatro...*

Un gran alivio lo envolvió al recordar que ese día volvería a verse con Fran. Necesitaba esa terapia con urgencia.

DISCREPANCIA NO ES DESLEALTAD

Fue la primera llamada que Dani recibía en las cinco semanas transcurridas desde el juicio sumarísimo, y no resultó ser para animarlo, más bien lo contrario.

—Dani, estoy muy decepcionado contigo —le dijo Fabián—. Hace tiempo que no te vemos el pelo por aquí. En cuanto dejaste de ser líder, desapareciste. Me decepciona, pensé que era convicción lo que te hacía servir a *La Causa,* ya veo que no fue devoción ni convicción, sino deseos de reconocimiento.

—Estás totalmente equivocado —esta vez Dani habló con firmeza—. Ni solicité posiciones de liderazgo, ni las necesito, y en cuanto a que no me ves el pelo, tampoco es cierto: estuve varias veces. No me ves porque ocupo un asiento en el final de la sala y en cuanto termina el encuentro me marcho.

—¿Huyes para no hablar con nadie? —ahora impregnó de sarcasmo el reproche—. Pensé que amabas a tus compañeros. Ya veo que estaba equivocado.

—Siento el afecto de siempre por la gente que promulga *La Causa*, y mantengo los mismos valores, pero necesito sanar mentalmente.

—¿Sanar mentalmente? —Fabián lo dijo con tono socarrón—. ¿Es que estás enfermo?

—Estoy herido —reconoció—. El trato recibido ha sido denigrante, y me ha dañado.

—No sabía que tuvieras la piel tan fina. En cuanto las cosas se tuercen te sientes herido. Ha sido un acierto apartarte ahora del equipo, no habrías soportado las presiones del liderazgo.

—Llevo mucho tiempo soportando las presiones del liderazgo. Sabes que asumí cada encargo que me hiciste, y no fueron precisamente sencillos ni agradables, pero nada de eso me perjudicó. Lo que no logro tolerar es la incoherencia en su forma de comportarse.

—Te creía leal Dani, ya veo que no lo eres. Cuando no te damos la razón, te revuelves. —Fabián, como todo buen narcisista, era experto en adoptar tonos de hiriente reproche, a la vez que se victimizaba—. Nada, me tocará sufrir tu traición como ya he sufrido otras muchas. Por lo visto la lealtad no es algo que abunde.

En ese momento vinieron a la mente de Dani las sabias palabras que Fran le compartió días atrás, y decidió utilizar aquel acertado discurso.

—No te confundas, Fabián, soy una persona leal; de hecho, conmigo has perdido a un colaborador de adhesión incondicional.

Te equivocas al confundir discrepancia con deslealtad —estaba citando, casi literalmente, los postulados que el doctor le había mencionado—. Que no te dé la razón en todo, no significa que sea desleal, solo indica que tengo un punto de vista diferente. Diferir en algo no supone una amenaza, sino una oportunidad de hacer equipo —y concluyó diciendo—: Si dos personas piensan igual en todo, una de las dos sobra.

Fabián mantuvo silencio todo el tiempo que Dani hablaba. Carraspeó como si los argumentos le hubieran puesto nervioso, y finalmente dijo:

—Hace tiempo que vengo notando tu falta de humildad. ¿Dónde está aquel Daniel humilde que llegó a nosotros? Entonces agradecías cada oportunidad de servir que te brindábamos. ¿Dónde quedó aquel chico servicial?

—Temo que te confundes de nuevo. Humildad no es acatamiento ciego y servil. No es lo mismo servir que ser servil. Quiero ser útil, pero no utilizado —advirtió—. Si tu líder te humilla en público, no es normal. Si tu líder destruye tu autoestima, no es normal. Si tu líder te condena al silencio y te ignora hasta que tiene algo que pedirte, no es normal. Si tu líder te hace vivir bajo sentimientos de condenación, no es normal.

Fabián quedó perplejo ante aquel discurso, pero evitó cualquier frase que pudiera denotar el asombro que sentía. Más bien optó por seguir victimizándose, ese papel había demostrado ser el más efectivo cuando no tenía argumentos con los que rebatir a su oponente.

—Ya veo el concepto que tienes de mí. Te recibimos destruido y trabajamos en tu restauración. Estuvimos a tu lado en los peores momentos y te ayudamos en los bajones que a diario tenías. Llegaste roto y te reconstruimos, y ahora me dices que te he maltratado. Nunca pensé que se pudiera ser tan malagradecido.

—Mil veces les he dado las gracias por lo que hiciste. La actitud que ahora tomo es por mi propia supervivencia.

—¿Sobrevivir? —soltó una risa mordaz—. La actitud que tomas ahora es por puro orgullo.

—Otra vez confundes conceptos. Estar en desacuerdo no implica orgullo, sino un criterio personal, y eso es algo legítimo —reflexionó Dani un instante, y entonces replicó—: ¡No!, no es solo legítimo; más que legítimo, es algo necesario —alzó en este punto la voz, para asegurarse de que lo siguiente lo escuchaba bien—. Rodearte de palmeros no te ayuda, sino que te empobrece.

—¿Qué estás queriendo decir? —Fabián habló desafiante.

—Que tener un equipo de personas que aplauden todas tus iniciativas y no osan llevarte nunca la contraria, no es útil para ti y es peligroso para *La Causa*.

—¿Ese es el criterio que tienes de quienes fueron tus compañeros de equipo?

—Vuelvo a decírtelo, no confundas mi discrepancia con deslealtad. Mi punto de vista, por disentir del tuyo, no es enemigo, puede ser complementario.

—Estúpido y soberbio. Dios te ayude a encontrar el camino de la humildad. Siempre lamentarás haber huido del lugar de la bendición.

Hubo silencio y Dani se mantuvo atento, esperando que continuase la andanada de reproches. Al no escuchar nada, inquirió:

—¿Fabián? ¿Estás ahí?

Fabián había cortado la comunicación y en un arranque de furia lanzó el teléfono sobre la mesa con tal fuerza que terminó estrellándose contra el suelo.

La última frase del líder dio de lleno en la conciencia de Dani: "Siempre lamentarás haber huido del lugar de la bendición".

Siempre..., repitió Dani para sí, *siempre lamentarás...*, esta palabra le produjo un brusco escalofrío. Una palabra que ata a un hombre irrevocablemente para toda la eternidad.

¡REGRESA!

Cuanto más se acercaba la tarde, más irritante se volvía el malestar de Dani, más le atormentaba la idea de tener que sostener la mirada aparentemente tierna y confiada de Fabián, pero que de sobra conocía que albergaba otros intereses.

Tras el brusco encontronazo telefónico, Daniel aceptó recibir en su casa al líder de *La Causa* con la intención de quitar de su conciencia la sensación de haber salido por la puerta de atrás y estar en maldición.

—Me alegra tu deseo de que hablemos —dijo un Fabián afable y cordial—. Tendremos una conversación "entre amigos", y luego serás libre para tomar la decisión que quieras.

Lo citó en su hogar a las cinco de la tarde, hora en la que aún no estaría Sofía.

A medida que avanzaba el día, su tensión subía de grado. En vano trataba de charlar consigo mismo de trivialidades y pensar en cosas superfluas; sentía con demasiada precisión el tictac detrás de la frente, las vibraciones de los nervios y una repentina sequedad en la boca, como si dentro de él humeara y ardiera un fuego sin fin.

Entró a una cafetería para intentar relajarse con la lectura de un libro. Pidió una botella de agua, ocupó una mesa discreta, llenó un vaso y se lo bebió de un trago, pero fue inútil, la sequedad seguía agarrotándole la garganta. Bebió otro vaso de agua. Al llenar el tercero descubrió que la sequedad persistía y fue inútil intentar concentrarse en la lectura.

Llegado el momento, en el salón de la casa, Fabián estaba frente a él con la cabeza agachada como bajo un yugo invisible. Entró abrazado a su libro negro, el que usaba siempre en sus charlas, discursos y sermones, lo depositó sobre la mesa y tomó asiento. En la penumbra relucía su cráneo redondo con el cabello largo, peinado con raya en medio. El servilismo, completamente innecesario de su actitud empezó a irritar a Dani.

Su malestar le decía, con certeza infalible, que tras esas cohibidas actitudes, se escondía un propósito determinado. *Un líder como él* —se decía Dani a sí mismo— *no acepta venir a hasta mi casa solo para una charla de amigos. Habría podido hacerlo por teléfono o volver a insistir en verme en la sede.* ¡*Cuidado* —se decía—. *Este Fabián quiere algo. Ya en ocasiones anteriores llegó hasta mí aparentemente humilde; empieza humilde como un mendigo y acaba imponiéndote su voluntad. ¡No cedas! ¡No te dejes atrapar, no preguntes nada, no pidas aclaraciones sobre nada! ¡Atiéndelo rápido y acompáñalo hasta la puerta lo antes posible!*

—Espero... —inició Fabián una frase, pero en la primera palabra quedó enganchado.

—¿Qué quieres decir? —ardía Dani por dentro—. ¿Qué te pasa? ¡Desembucha de una vez! ¿Por qué andas con tantos tapujos? ¿Por qué no dices directamente lo que pasa?

Pero Fabián siguió con la mirada vacía clavada en la mesa.

Dani sintió escalofríos. ¿De verdad era ese Fabián? ¿Era ese el líder carismático y seguro de sí mismo que encabezaba *La Causa*?

Pero se obligó a no comprometerse, a no mostrar su irritación, a no revelar a Fabián que su presencia le destrozaba los nervios.

Así que se hizo el loco a propósito y declaró con harta indiferencia: *Todo pasará.*

Fabián lanzó un suspiro que brotó de su interior apagado, como un vómito; como si esa brusca arcada le arrancara las últimas fuerzas del cuerpo.

—Sé lo que me vas a decir Fabián y lo que yo siento ahora no tiene importancia. Todo irá arreglándose —inspiró, recargando su energía, y entonces prosiguió—: Sé que me vas a decir que fuera de *La Causa* yo no tendré vida ni bendición. No te oculto que eso me inquieta, pero cualquiera de tus argumentos no me servirá. Quiero quedar como amigo y en paz, pero debo distanciarme —lo miró, pero no logró que él mantuviera la mirada—. Créeme Fabián, es imposible que siga involucrado. He perdido la confianza en *La Causa*..., he perdido la confianza en todos ustedes.

Fabián no se movió.

Al principio, Daniel pensó que no había entendido lo que quiso decirle. Pero poco a poco el movimiento volvió al cuerpo de Fabián. A duras penas se incorporó de la silla y miró al vacío. Luego se agarró con ambas manos al borde de la mesa. Daniel se dio cuenta de que los dedos de Fabián se ponían blancos de apretar el tablero de madera. Después, en un tono extraño, de una espantosa indiferencia, como si su propia voz, su voz humana, hubiese muerto, dijo:

—Entonces... todo ha terminado.

Era terrible ese tono. Terrible la dureza que impregnaba esas palabras. Con la mirada todavía fija en el vacío, busco a tientas el libro negro, recorriendo la mesa con la mano sin bajar los ojos, que se mantuvieron fijos en una esquina de la sala, apretó contra su pecho el libro negro. Solo entonces se volvió para salir, y murmuró sin mirar a Daniel:

—Disculpa la molestia.

Dio dos pasos firmes hacia la puerta. Entonces, como si de pronto recordara algo, se giró, se inclinó y repitió:

—Disculpa las molestias —y añadió con lágrimas en los ojos—, ojalá puedas ser feliz.

Daniel se obligó a recordar las palabras que Fran le había dicho: "La mitad de las personas mienten con sus labios; la otra mitad con sus lágrimas".

Quiso recordarlo para no dejarse afectar por aquel llanto que seguramente era falso y artificial. Pero de pronto sintió de nuevo aquel calor, aquel ardor, aquel manantial, aquel torrente que subía por su cuerpo hasta quemarle los ojos, y al mismo tiempo aquel ablandamiento y debilitamiento. Una vez más se sintió vencido por la culpa. No podía dejar marchar de esa manera a Fabián, el líder de *La Causa*, el que le había dado la felicidad. No podía ser tan ingrato. Había recibido tranquilidad y sosiego. De modo que corrió hacia él.

—¡Fabián, no me interpretes mal! ¡No puedes irte así!

La agitación de Daniel aumentó, pues se daba cuenta de que Fabián no le escuchaba. Le miraba como una estatua de sal, permanecía inerte, sombra entre las sombras.

Su necesidad de no ofenderle se hacía más y más apremiante.

—De veras, no quiero ofenderos. Nada sería más terrible para mí que ofenderte. Todo puede arreglarse.

—Entonces, ¿seguirás con nosotros?

Se había vuelto de pronto hacia Daniel. Sus pupilas, que hace un momento eran frías como el acero, ahora brillaban, pero no era un brillo limpio.

Otras palabras de Fran, experto en leer miradas, resonaron en la bóveda de la mente de Daniel: "Quien oculta algo o tiene algo que ocultar pierde la mirada franca y sincera".

Dani se sobresaltó. El instinto le advertía del peligro. Si ahora prometía algo, quedaba de nuevo comprometido. Pero algo le impedía ser él.

—Sí —pronunció la palabra fatal—. Seguiré con ustedes.

Fabián le miró de hito en hito. Casi un temblor recorrió su cuerpo; era como si una fuerza interior lo empujara imperceptiblemente.

—Puedo… ¿puedo contar contigo?

De nuevo Daniel presintió el peligro. Pero ya no tenía fuerzas para resistir su mirada. De modo que respondió con firmeza.

—Sí, puedes contar conmigo —y le tendió la mano.

Sus ojos se anegaron, cobraron vida y se precipitaron hacia Daniel como un torrente. Así debió de mirar Lázaro cuando se levantó aturdido de su tumba y vio de nuevo el cielo y su bendita luz. Daniel sintió la mano de Fabián que temblaba en la suya, cada vez más. Sus ojos le envolvieron como brazos oscuros y tiernos. Nunca antes le había dado la mano tan cálida y efusivamente. Rápidamente la apartó y repitió:

—Puedes contar conmigo.

De nuevo se había enredado. Lo que Fabián no había logrado con el látigo del silencio, y tampoco con frases duras, acababa de conseguirlo con un par de lágrimas.

Pocos minutos después, ya en completa soledad, Dani miró su reloj, eran las cinco y veinte minutos. En tan solo veinte minutos de actuación lastimera Fabián había logrado sacarle un compromiso de permanencia.

Con el rostro entre las manos reflexionó en los sabios consejos que Fran le había dado, y que él acababa de desoír: "Deja de permitir que gente que hace tan poco por ti controle tanto de tu mente, de tus sentimientos y de tus emociones".

INTRUSO EN LAS SOMBRAS

El día en el trabajo estuvo saturado de imprevistos, por lo que la jornada laboral de Vanessa se extendió hasta entrada la noche. La campana de la iglesia cercana tañía diez veces cuando estaba acercándose a su casa. Vanessa miró su reloj con incredulidad. "¡No puede ser tan tarde!", se decía, pero los dígitos de la esfera confirmaron que eran las diez de la noche.

"Y además hoy no encontraré cena preparada". Lamentó al recordar que era jueves, la noche en que sus padres salían a cenar fuera y no regresaban hasta bien tarde.

Abstraída en localizar las llaves entre el maremágnum de cosas que llevaba en el bolso, la chica no reparó en la forma humana que surgía de entre los automóviles aparcados junto a la acera y se aproximaba a ella.

Por fin encontró el llavero del que pendían más de diez llaves. La luna llena arrancó destellos de la blanca dentadura del hombre que sonreía cada vez más cerca. Una siniestra sonrisa que habría hecho estremecer a Vanessa de haber podido verla.

De pronto, una densa nube tapó la luna y la oscuridad incrementada complicó a Vanessa atinar con la cerradura. Tras varios intentos fallidos, el manojo cayó al suelo provocando un estrépito.

—Esto está negro como la boca de un lobo —se quejó, agachándose a buscar las llaves.

Fue en ese momento que relumbraron los destellos de los faros de un automóvil. La luz jugó a favor de la chica, pero puso en evidencia la silueta que se acercaba con sigilo y que se retiró aprisa, ocultándose de nuevo entre los coches estacionados.

—¡Qué ganas tengo de llegar a casa! —suspiró Vanessa empujando la puerta—. Me duelen las articulaciones, me pesa la cabeza... creo que tengo fiebre, y el médico me ha prohibido tomar ningún medicamento —resopló, agotada, mientras entraba al edificio y corrió al ver que la cabina del ascensor estaba en la planta baja—. ¡Al menos no tendré que esperar!

Debido a la prisa por subir a su hogar olvidó el consejo que siempre le daba su madre: "Cuando entres, asegúrate de que la puerta queda cerrada".

De nuevo, bajo la luz de la luna, destellaron la dentadura y el cabello claro del intruso que, sin ninguna dificultad, accedió al portal y vio con alegría que el otro ascensor también estaba en la planta baja.

—Todo marcha a pedir de boca —rio—. Está resultando más sencillo de lo que había calculado.

¡TRAGEDIA!

Fueron necesarios seis timbrazos para que Daniel se apercibiera de que el estridente sonido no provenía de la ambulancia con la que estaba soñando. Últimamente sus sueños eran tortuosos, sombríos y sobre todo realistas. Tanto que le parecía seguir imbuido en ellos aun después de haber despertado. Se frotó los ojos y solo tras varios segundos detectó que era su iPhone lo que reclamaba atención.

Liberando varios improperios contra sí mismo por haber olvidado ponerlo en silencio al irse a dormir, miró la pantalla decidido a silenciarlo. No pensaba atenderlo ni aunque fuera el mismo presidente del gobierno, pero su resolución perdió fuerza al ver quién lo llamaba.

—¿Francisco? —sobre el nombre, y en la esquina superior izquierda del teléfono aparecía la hora—. ¿Fran llamándome a las cinco y ocho minutos de la madrugada?

Supo de inmediato que las noticias no podían ser buenas. Ninguna llamada trae buenas nuevas en la madrugada.

—¿Qué ocurre, Francisco? —solo usaba el nombre completo del doctor cuando discutía con él; siempre era Fran, pero la preocupación le hizo añadir las dos sílabas adicionales.

—¡Vanessa! —más que un nombre lo que sonó fue un gemido.

—¿Vanessa? —Dani no entendía nada—. ¿Qué pasa con Vanessa?

—¡Sus padres me han dicho que cayó por el hueco de la escalera! —gritó Fran.

Soltó el teléfono, pero lo tomó de nuevo al descubrir que el flamante aparato se había posado sobre el espacio humedecido de la almohada, siempre babeaba en su etapa de sueño más profundo.

—¡Dani! —la voz de Fran seguía surgiendo—. ¡Daniel, ¿estás ahí?

—Por favor, Francisco, dime que es una broma macabra... te lo ruego, dime que es mentira...

—Sus padres me llamaron —explicó.

—Eso ya me lo dijiste, Fran, pero, ¿qué le ha pasado?

—Al parecer hoy llegaron tarde a casa y la encontraron tendida en el rellano del portal —hubo unos segundos de silencio, y luego, con la voz rota por el dolor, continuó—; su estado es crítico... es difícil que sobreviva.

—¿Cómo pudo caer por el hueco de la escalera?

—Todo hace pensar que se arrojó.

—¿Se arrojó? ¿Estás diciéndome que Vanessa se ha suicidado? —bramó Dani con indignación—. ¡Eso es una estupidez! ¡Tuvo que ser un accidente!

—Sabes que llevo semanas atendiendo a Vanessa. Estaba muy deprimida; en mi consulta no hacía sino llorar. Te dije varias veces que debías hablar con ella —se dio cuenta de lo inapropiado de sus palabras y rectificó—. Perdón, Dani, no quiero hacerte sentir culpable. Estoy muy nervioso... pero sabes que el estado de Vanessa no era incompatible con un intento de suicidio.

El doctor tenía razón. Vanessa vivía últimamente acomplejada por el sobrepeso que había ganado y con el que se pasaba la vida luchando inútilmente. Era incapaz de una interacción social saludable y por eso convirtió las redes sociales en su hábitat; algo que, lejos de ayudarla, la deprimía más. El escaparate de Instagram, lleno de cuerpos perfectos, fotos felices subidas por gente triste, solo conseguía dinamitar su ya ruinosa autoestima. Y, lo peor, el doctor también tenía razón en que debía haber llamado a Vanessa. El pánico a desacatar órdenes de arriba, sus malditos prejuicios, su temor a desagradar; todo eso lo llevó a dejar sola a la mujer a la que amaba, y ahora...

—¿Me has escuchado, Dani? —insistió Fran—. Vanessa estaba de bajón últimamente.

—¡Yo también me he deprimido muchas veces, Fran! Y no por eso me he ahorcado ni me he tirado desde el viaducto —Dani no soportaba la idea de que la mujer a la que amaba estuviera muerta—. Vanessa no se ha suicidado. Debió ser un accidente.

Cerró los ojos y apretó el teléfono con tanta fuerza que la llamada se desconectó. Luego se desplomó sobre la almohada, imaginando la escena: Vanessa vivía en la octava planta de un edificio de diez alturas. Casi pudo visualizar la escena: ella aupándose al pasamanos y lanzándose al vacío.

Un wasap iluminó la pantalla del teléfono. Era de nuevo Fran que le enviaba un enlace a un video de YouTube. Lo reprodujo de inmediato y la imagen le estremeció: era Vanessa, vestía una camiseta descolorida, su cabello, que había dejado muy corto, lucía despeinado, y unas espantosas ojeras negras enmarcaban sus ojos oscuros y siempre teñidos de melancolía: "La vida es una porquería —decía en el breve video, con un tono de voz apático—. No tiene sentido y ya me aburrí de soportarlo. No me compensa vivir".

La grabación duraba apenas quince segundos y llevaba veinte horas colgada. Lo que terminó de sobrecoger a Daniel fue que las trescientas setenta y cuatro visualizaciones que el video tuvo hasta ese momento habían provocado veintidós comentarios, dieciocho de los cuales eran burlas descarnadas, algunos incluso animaban a Vanessa a terminar con su aburrida e insoportable vida.

Llamó rápidamente a Fran.

—¿Dónde está? ¿A qué hospital la llevaron?

—Está en el Hospital Central —explicó—, pero no parece que haya esperanzas. Me dijeron que los servicios médicos de urgencias la encontraron desmayada; lograron recuperarla, pero avisaron a los padres que deben estar preparados para lo peor.

Daniel corrió a la ducha, reguló la temperatura al máximo y abrió el grifo mientras se desprendía de su ropa de dormir. El vapor inundaba la cabina cuando se introdujo, dejando que el agua corriera sobre su cuerpo, mientras inspiraba profundamente y expiraba luego con lentitud. El cabezal de la ducha lanzaba doscientos hilos de agua a máxima presión. Sentir que dos centenares de alfileres se hincaban en su cráneo fue una sensación sedante. Estático y con los ojos cerrados permaneció así al menos cinco minutos. Se descubrió levantando una plegaria para que Vanessa no muriera. Luego se enjabonó y volvió a ubicarse bajo el chorro de agua casi hirviendo. Allí permaneció un rato más, en un vano intento de que, no solo el jabón, también la pesadilla que estaba viviendo, se fuera por el desagüe.

Se vistió y casi voló hacia el hospital.

Aún de lejos distinguió a los padres de Vanessa. Apenas sabía nada de ellos, excepto sus nombres, pues fueron pocas las veces que los vio durante la breve relación que mantuvo con la chica. No se atrevió a ningún tipo de interacción física. Sintió el impulso de abrazar a la madre o tender la mano al padre, pero optó por detenerse a dos metros de distancia

—Lo siento mucho, doña Luz; de verdad que lo lamento, don Pedro —ellos asintieron con la cabeza, incapaces de articular palabra, pero Dani necesitaba conocer algún detalle—. ¿Les han dicho algo?

—Vanessa está en coma inducido —fue el padre quien respondió.

—Si la mantienen en coma significa que hay posibilidades, ¿verdad? No debemos perder la esperanza —habló mientras miraba a la madre, en un intento de hacerle partícipe en la conversación. Pero ella tenía la mirada perdida, caminaba arriba y abajo, con sus dos manos agarradas y pegadas al pecho, como en actitud de oración. —Si la tienen conectada a unas máquinas no es porque haya esperanzas para mi hija, sino porque deben mantenerla viva hasta que practiquen la operación —explicó Pedro.

—¿Operación? —inquirió Dani—. ¿Van a operarla?

La madre se detuvo al escuchar las preguntas del chico. Se puso frente a él y meció su cabeza de lado a lado, mientras lo miraba con gesto de desdén. Fue Pedro quien dijo escuetamente:

—Van a sacar a la criatura... ojalá logren sacarla con vida.

—¿Sacar a la criatura? —Dani no entendía nada—. ¿A qué se refiere?

—¿Cómo puedes ser tan cínico? —Luz se paró frente a él y casi escupió la pregunta.

El chico quedó congelado ante aquella violenta reacción. Incapaz de entender nada.

—Buenas noches —saludó Fran, al que ninguno de ellos había visto llegar.

Nadie respondió a su saludo, a la derecha y a la izquierda de Dani estaban los padres de Vanessa, mirándole con ojos inyectados en furia.

—¿Acaso no lo sabías? —más que una pregunta, las palabras de Pedro eran un reproche airado.

—¿Qué tenía que saber? —Dani suplicaba alguna explicación.

Fran tomó a Dani de su brazo derecho y lo apartó unos metros con el ánimo de protegerlo de los padres de Vanessa.

—Debes disculparlos —le explicó—. Están rotos de dolor. Vanessa era su única hija, y ahora ven que están a punto de perderla a ella y al que sería su primer y único nieto.

Dani sintió que sus piernas se convertían en gelatina. Se apoyó en la pared, sintiendo que iba a desvanecerse. Agarrándose del brazo de Fran logró aproximarse a unos asientos y se desplomó en uno de ellos.

—Fran, ¿tú sabías que Vanessa estaba embarazada? —interrogó Dani, y lo repitió fuera de sí—. ¿Sabías que estaba embarazada?

—Me enteré anoche —reconoció el doctor—. Me lo dijeron sus padres al informarme del... del incidente —esta vez se negó a hablar de suicidio.

Dani había apoyado la cabeza sobre sus rodillas en un intento de frenar las arcadas que estaban a punto de hacerlo vomitar.

—¿Ella nunca te lo dijo? —quiso saber Fran.

Negó con leves movimientos de cabeza, y finalmente susurró:

—No tenía por qué decírmelo. Al fin y al cabo no teníamos ninguna relación.

—Creo que sí debió habértelo dicho —discrepó Fran—. Luz y Pedro aseguran que tú eres el padre.

Dani alzó la cabeza y abrió los ojos desmesuradamente. Al volver a cerrarlos las lágrimas que impregnaban sus pupilas saltaron al exterior.

Los mil mensajes que ella le envió en los últimos meses asaltaron su mente. "Es urgente que hablemos". "No quiero exponerte". "No me obligues a hacerte daño".

—Para no hacerme daño se lo hizo ella... —dijo quedamente, apoyando de nuevo su cabeza sobre las rodillas y llorando.

Fran lo dejó desahogarse durante largos minutos. Tiempo era lo único que tenían. La jornada sería larga.

Cuando se hubo tranquilizado un poco, lo ayudó a incorporarse.

—Toma esto —puso un sobre en la mano del chico—. Contiene un mensaje de Vanessa para ti.

—¿Un mensaje de Vanessa?

—Ella me pidió que te lo diera, aunque yo le recomendé que te lo dijera en persona, pero por si acaso... —evitó decir que tal vez la chica nunca podría verbalizarlo.

En ese momento los padres de Vanessa se aproximaron, por lo que Dani dobló el sobre y lo introdujo en el bolsillo trasero de su pantalón.

—Señores Torres, ¿de cuánto tiempo estaba embarazada? —quiso saber Dani.

—¡Está! —Luz lo gritó—. ¡Sigue estando embarazada! ¡Lo está todavía! —pronunciaba con violencia, negándose a hablar de Vanessa en pasado—. ¡Mi hija sigue viva!

—De siete meses —dijo Pedro—. Es una niña, y puede salir adelante... si logran sacarla.

A velocidad de vértigo, Dani hizo cálculos mentales. Siete meses era el tiempo que hacía que no veía a Vanessa; habían pasado veintiocho semanas desde aquella noche de intimidad.

¡AYÚDANOS, DANI!

En un inusual arranque de humildad, Fabián llamó a Dani. Este atendió la llamada desde el baño del hospital, adonde había acudido para lavarse la cara. Apenas terminaba de enjugar el agua de su rostro con papel secante, cuando observó que el líder lo reclamaba a través del teléfono.

—Te necesitamos —le dijo—. Por favor, pasa por la sede en cuanto puedas —la voz del líder denotaba urgencia—. Nadie podrá hacer esto como tú. Estamos a cuatro días del evento magnífico y no dejan de surgir inconvenientes. Échanos una mano.

Dani no respondió. No tenía fuerzas ni ánimo para conversaciones.

—Me alegró tu decisión de regresar, y hoy te necesito —insistió Fabián—. Estoy dispuesto a disculpar tu desconexión del último tiempo; ven esta tarde por la sede, hay trabajo urgente que requiere de ti; eres nuestro mejor hombre.

—Estoy en el hospital.

—¡No me digas, chico! —fingió una preocupación que en absoluto sentía—. ¿Qué te ha pasado?

—No es a mí, es Vanessa, está muy mal.

El nombre de la chica resonó como un disparo para Fabián; guardó silencio durante un espacio de tiempo indefinido que a Dani se le antojó larguísimo.

—Creí que habías puesto distancia de ella.

—Vanessa está muriéndose y lleva un bebé en las entrañas —carraspeó para liberarse de la emoción que obstruía su garganta

—Lo lamento por ese bebé —dijo con cinismo—. Pero el que tú estés allí no hará que las cosas cambien. Te necesitamos aquí, Dani.

—Puede que yo sea el padre de ese bebé.

El largo silencio hizo pensar que el líder por fin estaba conmovido. Cuando finalmente habló,

—Te lo advertí, Dani —dijo por fin—. Quisimos evitarte problemas, pero eres un obcecado. Ya te dije que la paga del pecado es la muerte.

Dani comprendió que quien no tiene alma nunca logrará conmoverse.

—¿Conoces lo que es sentir un poco de compasión?

—¿Acaso no alcanzas a ver el gran paralelismo entre tu caso y el adulterio del rey David? —le dijo—. ¿Compasión? Sí, lo lamento por ese bebé que no sobrevivirá, es hijo del pecado.

Dani apretó los dientes con algo cercano a la furia, y lo mismo hizo con sus puños.

—Entonces —volvió Fabián a la carga—, ¿contamos contigo, Dani? Prometiste regresar, y *La Causa* te necesita.

Una reciente conversación con Fran vino a su memoria. El doctor le dijo: "Quitarle la libertad de elección a un hombre, incluso su libertad de tomar la decisión equivocada, es manipularlo como si fuera un títere y no una persona.

»Cuando se sabe decir que NO, el SÍ tiene un sabor muy distinto.

»Atreverse a establecer límites se trata de tener el valor de amarnos a nosotros mismos, incluso cuando corremos el riesgo de decepcionar a otros.

»Si te dejas manipular, aunque sea por pena, te estarás faltando al respeto y seguirás alentando comportamientos nocivos y tóxicos en otros.

»Los límites son una parte de nuestro autocuidado. Son saludables, normales y necesarios. No eres insensible ni egoísta por no dejarte chantajear emocionalmente, sino consciente y digno de respeto, de respeto por ti mismo. Si estamos muy pendientes de no herir a nadie en ninguna circunstancia, acabaremos lastimándonos a nosotros mismos y a los demás".

— Dime, Dani, ¿vendrás ahora? —insistió Fabián.

—No —dijo Dani escuetamente—. No puedo ayudaros; no en este momento.

—Entonces... ¿la otra tarde me mentiste? —arrastraba las palabras con ira—. No te irán bien las cosas mientras estés fuera de *La Causa*.

Silencio en la línea telefónica.

—¿Me oyes, Dani? ¡Estás fuera de la bendición! —más que pronunciarlo, Fabián lo escupió.

Persistió el silencio. Dani había colgado.

INTERVIENE LA LEY

Regresaba Dani del baño cuando vio que varios facultativos se aproximaban a los padres de Vanessa; junto a ellos estaba Fran.

— Señores Torres —habló uno de ellos, parecía ser el responsable del equipo médico—. Soy el doctor Emiliano García, jefe del área de urgencias de este hospital —con mucha cortesía estrechó la mano de Luz y luego la de Pedro. Enseguida, explicó—: Créanme que lamento que tengan que pasar por esto —parecía muy sincero—. Todavía hay mínimas esperanzas, pero no quiero alimentar expectativas que tal vez no se cumplan. Tengo que serles franco. Las próximas cuarenta y ocho horas serán decisivas.

Pedro estaba aturdido. La presión de la mano de su esposa le estaba haciendo daño. Cuando enfocó a Dani con su mirada, pudo apreciar en los ojos del chico una espiral de miedo y se acercó a él.

—Cuéntanoslo todo —preguntó fuera de sí—. ¿De qué hablasteis últimamente? ¿Dónde estuviste anoche? ¿Por qué ha querido quitarse la vida? ¿Qué bebió o tomó nuestra hija?

Aquel interrogatorio dejó a Dani totalmente congelado. No sabía cómo decirles que hacía semanas que no veía a Vanessa.

El médico evitó que tuviera que dar una respuesta.

—Señor Torres —el doctor García meditó sus palabras para evitar faltar a la cortesía e intentar conferirles la suficiente fuerza—. Estoy seguro de que entenderá que todas esas respuestas Dani debe dárselas, antes que a nadie, a la policía. En su caso será a la Guardia Civil, de hecho hay dos agentes que ya están esperando. Por descontado que ustedes recibirán luego toda la información.

Pedro mantuvo sus ojos fijos en Dani durante un instante. Luego, con gesto cansado, miró al doctor.

—¿Podemos pasar a verla, por favor?

—Sí, pueden pasar —concedió presionando con cariño el brazo de Luz—, pero solo cinco minutos. Háblenle si quieren, es probable que les oiga. Pero no esperen ningún gesto que pueda suponer una respuesta

—Por favor —el rostro de Dani era una súplica—. ¿Me dejarían acompañarles?

Los padres miraron al médico, quien asintió levemente con la cabeza.

Cuando entraron, Dani se apretó la boca con ambas manos para ocultar el grito. La visión de Vanessa fue un auténtico mazazo. No estaba tumbada, sino casi sentada en su cama de posiciones y aparentemente dormida. El gesto no mostraba dolor, con su cabeza cómodamente alzada sobre las almohadas, pero su rostro dejaba presentir la proximidad de la muerte. Tenía puesto un collarín. La piel alrededor de sus ojos era azul y negra, el hematoma se extendía por toda la cara y descendía por el cuello. Varias agujas estaban insertadas en un brazo, por ellas recibía probablemente suero. Un extraño artilugio, fijado sobre el hombro, estaba conectado a sondas y aparatos rarísimos, mientras un tubo enorme, de unos 2 cm de diámetro, transparente y con un borde azul, se introducía por su boca abierta. Otro, sellado con cinta a su nariz, se incrustaba en el orificio de la derecha.

—La ventilación asistida sería más efectiva si estuviera tumbada boca abajo —explicó la enfermera que asistía permanentemente a Vanessa—, pero en este caso, debido a su embarazo, es poco tolerado y presenta taquicardia en la madre y en la criatura que lleva dentro. Hemos probado la estrategia de ventilación sentada, y eso ha funcionado.

Por un lateral de la cama, bajo las sábanas, surgía otro tubo que iba a parar a una bolsa de plástico donde irían los orines cuando se produjeran.

—¡Dios mío! —gimió Luz.

Pedro puso la mano sobre el hombro de su esposa.

—Cariño —le dijo—. Está viva, eso es lo importante. ¿No ves cómo respira?

El pecho de Vanessa subía y bajaba ayudado por una máquina que insuflaba oxígeno a su cuerpo con un ritmo constante.

—¿Viva? —el miedo teñía sus palabras de gris—. Pedro, esta habitación es la sala de espera de la muerte.

Luego guardó silencio, pero sus ojos gritaron. Lo hicieron en forma de gruesas lágrimas que rodaron mejillas abajo.

—Estamos aquí, cariño —Pedro se agachó para hablarle cerca del oído. No estaba muerta, y si no estaba muerta es que estaba viva. Por lo tanto, podía oír—. Estamos a tu lado. Siempre lo estaremos.

De repente, la cadencia de la máquina que registraba su ritmo cardíaco se disparó. Luz y Pedro corrieron en busca de ayuda, mientras Dani se agachó y le habló:

—Vane —así la llamaba durante su breve e intenso noviazgo—. Estoy aquí, Vane —de inmediato su voz se quebró—. Perdóname, debí haberte hecho caso. No debimos distanciarnos. No debimos estar solos aquella noche. No debí haberte ignorado después de aquello... ¿Por qué no respondí a tus mensajes? —lloró a mares—. En cuanto te recuperes no te dejaré ni un solo instante. Te lo prometo.

Al instante, el ritmo del corazón de Vanessa volvió a estabilizarse.

Poco después, acompañados por el doctor, todos abandonaron la habitación. Dani se introdujo en los baños, necesitaba lavarse la cara, limpiarse el sudor y refrescarse los brazos, donde sentía el latido del corazón a mil por hora.

— ¡Daniel! —dos agentes de la Guardia Civil lo alcanzaron en el pasillo, cuando salía de los servicios, totalmente pálido y con la frente perlada por un sudor helado—. Somos de la Brigada Central de Investigación de Delitos contra las Personas. ¿Serías tan amable de acompañarnos? —le mostraron la identificación a la vez que señalaban una puerta—. Necesitamos hacerte algunas preguntas.

PREPARANDO EL DESENLACE

Mientras Dani era conducido a la sala por los agentes, el doctor García, acompañado de una enfermera, hablaba con Luz y Pedro de un tema delicado.

—Señores Torres, debo pedirles algo —hablaba despacio, como temiendo la reacción de los padres. Estos lo miraban en un silencio expectante—. Deben creer que estamos haciendo todo lo posible por preservar las vidas, tanto de Vanessa como de la bebé que lleva dentro. Quiero que sepan que esa es nuestra prioridad absoluta, pero también debemos ponernos en la peor de las opciones, y si esa se diera, tengo que sugerirles la posibilidad de que donen los órganos de su hija.

Los padres se quebraron. Luz se llevó ambas manos al rostro y liberó un grito desgarrador. Pedro tenía los ojos anegados y se mantuvo en silencio durante tanto tiempo que el doctor pensó que nunca respondería.

—Créanme, lo que les digo no es para que pierdan las esperanzas —puntualizó Emiliano García—. Seguimos poniendo todos los recursos a favor de su hija. Respecto a lo que acabo de sugerirles, no tienen que tomar una decisión ahora. La enfermera Rossanna les facilitará unos documentos, y les explicará detalladamente cada parte del proceso —puso su mano derecha sobre el hombro de Pedro—. Es nuestra confianza que no necesitarán usar de esos protocolos, pero es importante estar apercibidos.

Pedro miró a su esposa, quien asintió levemente con la cabeza. Entonces, girándose hacia el doctor, dijo:

—Iremos con Rossanna. Si nuestra hija no logra sobrevivir y otros pueden hacerlo gracias a ella, será un consuelo para nosotros.

—Doctor —la voz de la madre temblaba—. ¿Se pondrá bien?

El médico, considero que lo mejor era decirles claramente lo que ya había tratado de transmitirles en distintas maneras:

—Vanessa puede morir o permanecer en este estado el resto de su vida. Esta es la realidad. Pero también puede recuperarse. El estado de coma, es semejante a la muerte, aunque con la posibilidad de despertar.

Lo último que Dani vio antes de entrar a la pequeña habitación donde tendría lugar el interrogatorio, fue que Luz sufría espasmos que le hacían estremecerse descontroladamente, por lo que la ayudaron a tomar asiento. Le temblaban mucho las piernas. Se sujetó las rodillas con las manos, pero no podía dejar de temblar.

El médico se agachó junto a ella.

—¿Se encuentra usted bien, señora Torres?

Era una pregunta sin sentido, por eso ella no le respondió.

SOSPECHOSO

La oficina a la que accedieron era pequeña, apenas suficiente para que cupieran los dos agentes y él. Le pidieron que se sentara y ellos lo hicieron al otro lado de la mesa.

Los observó durante unos segundos, y supo de inmediato que uno haría de poli bueno y el otro de malo. El más jovencito tenía cara de ángel y la sonrisa muy fácil, probablemente no estaba aún curtido en el oficio.

—Hola Dani —su mirada invitaba a bajar la guardia y liberar confidencias—, soy el subinspector Díaz.

El otro, que se presentó como el inspector Gómez, no necesitaba hablar para descubrir su fuerte carácter. La cicatriz que cruzaba su cara le confería un aspecto temible, y cuando abrió la boca confirmó que iba de tipo duro.

—Mi compañero y yo pertenecemos al departamento de criminalística de la Guardia Civil.

—¿Criminalística? —inquirió Dani—. ¿No estamos hablando de un caso de suicidio?

—Chico, espero que seamos capaces de llevarnos bien —el inspector Gómez intentaba hablar con calma, pero al parecer se le había agotado—. Hagamos un trato: nosotros preguntamos y tú respondes.

Dani se dio por enterado y cerró la boca.

—Bueno, muchacho —cada palabra que decía sonaba a amenaza—. Tu amiga está bastante fastidiada. ¿Por qué crees que se encuentra así?

Era muy poco lo que él pudo aclararle.

—Por lo que me han dicho sufrió una caída desde una altura considerable.

—Nos estás contando justo lo que sabemos —bramó el inspector Gómez—. ¿Serás capaz de sorprendernos con alguna información que desconozcamos?

—Lo siento, pero creo que es muy poco lo que puedo decirles. Hace mucho tiempo que Vanessa y yo no nos veíamos. Ni siquiera hablábamos —explicó—. Ella me dejó.

—Dani —inquirió el poli bueno—, ¿por qué crees que te dejó?

—No me dio una razón; simplemente dijo que prefería que no nos viéramos.

—Y tú te quedaste tan tranquilo —gruñó Gómez.

—Intenté que volviera, pero al final desistí.

—¿Desististe? —lo preguntó con sonrisa socarrona—. ¿Estás seguro, jovencito? Hemos contabilizado cuarenta y tres mensajes tuyos en el teléfono de la chica. Todos ellos los enviaste después de que ella te dejase. Una cifra que es compatible con acoso. Me preocupa especialmente este en el que le dices: "Si no vuelves conmigo las cosas no te irán bien". ¿Recuerdas haberle escrito eso?

Dani cerró los ojos. ¡Claro que lo recordaba! Una frase desafortunada que ahora, en boca del inspector, tenía tintes de haberla amenazado.

—Sí, lo recuerdo, pero no era una amenaza. Solo intenté decirle que juntos éramos felices.

—¿Qué más puedes contarnos, Dani? —dijo el ángel.

—Tiempo después ella quiso volver conmigo otra vez, pero yo la había pasado muy mal y no quería correr riesgos.

—Entonces no volviste a verte con ella —inquirió Gómez.

—Bueno, no estoy diciendo que no nos viéramos.

—¿Te viste o no te viste? —bramó—. No es tan difícil la pregunta.

Dani estaba intimidado. El rostro del inspector estaba rojo, excepto la cicatriz que surcaba su mejilla derecha, esa se veía blanca.

—Sí —fue todo lo que acertó a responder.

—¿Cuándo se vieron? ¿Dónde? ¿Qué hicieron?

Eran demasiadas preguntas y las respuestas demasiado complicadas.

—Primero nos vimos en la sede donde me reúno. Luego otro día ella me invitó a cenar en su casa.

—¿Cenaste en casa de ella?

—Sí.

—¿Pasó algo después de la cena?

—Sí.

—¿Qué pasó? —Gómez seguía descargando su batería de preguntas.

—Nos acostamos juntos... tuvimos relaciones

—¿Volvieron a verse después de eso?

—Nunca volvimos a vernos

—¿Ella quiso verte?

—Sí, muchas veces

—¿Por qué no querías verla?

Dani pensó que las preguntas que comienzan con un "¿por qué?" eran las más intimidatorias.

—Bueno, no estoy seguro... —balbuceó—. Todavía me dolía mucho que ella me hubiese dejado.

—¿Sabías que ella estaba embarazada?

—Me he enterado esta noche.

—¿Sabes que todo apunta a que eres el padre?

—Eso me han dicho.

—¿Por qué crees que quiso quitarse la vida?

—No tengo ni idea. Al parecer estaba muy deprimida —un sollozo salió del chico que estaba al borde de un ataque de ansiedad.

—No te preocupes Dani —el subinspector salió en su ayuda—. Responde con tranquilidad, lo que digas no va a comprometerte. Lo importante ahora es ayudar a Vanessa.

Era evidente que el poli bueno tenía menor rango. Era él quien escribía en una libreta cada comentario.

Hubo un prolongado silencio, y Dani se sintió más relajado al percibir que aquello se terminaba. No obstante, él también tenía dudas. Enfocó la mirada en el más joven para apoyarse en la confianza que le inspiraba y preguntó:

—¿Ustedes saben por qué Vanessa quiso quitarse la vida?

Aunque Dani no se había dirigido a él, el poli duro se incorporó de su silla y apoyó ambas manos sobre la mesa, buscando aproximarse más al chico.

—Muchacho, hay tres grandes dudas que nos surgen —alzó tres dedos de su mano derecha. El rostro del comisario estaba tan cerca que Dani podía sentir el fétido aliento del agente, sintió náuseas ante aquel hedor, mezcla de alcohol, café y tabaco—. La primera duda que se nos presenta es si tu amiga realmente no te ha visto más veces. La otra gran duda, y esta me preocupa más, es si esa joven accedió voluntariamente al encuentro sexual en el que quedó embarazada, y la tercera interrogante de tamaño gigantesco es si realmente quiso quitarse la vida o fue ayudada a hacerlo —con los dedos índice y corazón de ambas manos hizo el signo de entrecomillar la palabra—. ¿Entiendes lo que quiero decir? ¿Por qué querría haber mantenido relaciones contigo después de haberte dejado? ¿No es más lógico que tú, el despechado, quisiera apropiarse de algo que ella le negaba? ¿Por qué iba a quitarse la vida sabiendo que mataría a una criatura inocente que llevaba en sus entrañas? ¿Verdad que son dudas lógicas y muy importantes?

Un escalofrío recorrió la columna vertebral de Dani. Sintió que los dos polis se diluían en la bruma de pánico que nublaba su visión.

Lo siguiente sonó como un trueno.

—Te noto demasiado callado. Por si acaso no me entendiste, déjame que te aclare la tercera duda: ¿no es lógico pensar que cuando "el padre involuntario" supo del embarazo, optase por deshacerse de la nave nodriza y del pequeño astronauta?

Aterrorizado, Dani introdujo sus manos en los bolsillos del pantalón para evitar que se notase el ostensible temblor que sacudía sus brazos. Cerró los ojos y las palabras de Fabián acudieron a su mente: "Nos estás dejando y todo te irá mal a partir de ahora. Salir de aquí es abandonar tu lugar de refugio... atente a las consecuencias".

El terror le hizo considerar seriamente que debía regresar al lugar donde estaba la bendición. En su mente hizo una firme resolución: *En cuanto se normalice la situación, regresaré.*

INTERVENCIÓN DE ALTO RIESGO

Las críticas primeras cuarenta y ocho horas pasaron y la joven resistió. Le practicaron multitud de pruebas orientadas a valorar la magnitud de los daños internos. Milagrosamente no se vieron afectados órganos vitales. El mayor impacto lo recibió la espalda, seguramente porque Vanessa se giró durante la caída, buscando evitar que la gran colisión recayera en el vientre, y en consecuencia en la bebé. Lo peor fue un traumatismo craneoencefálico severo. También sufrió la rotura del brazo derecho que quedó atrapado bajo la espalda, lo mismo que la pierna izquierda. Ambas extremidades fueron inmovilizadas durante ese tiempo de espera, mientras el equipo médico decidía qué hacer.

Aquella mañana el doctor García se aproximó a los padres. Venía acompañado de un equipo de profesionales.

—Vamos a practicarle a Vanessa una cesárea de urgencia —les dijo—. Esta misma tarde lo haremos.

—¿Y nuestra hija?

El jefe del departamento de urgencias miró a una colega que lo acompañaba.

—Buenos días, señores Torres —saludó ella—. Soy la doctora Casillas, ginecobstetra intensivista. Nuestro objetivo es ayudar a ambos: Vanessa y la bebé, pero en este caso, debido a la gravedad de la madre, la prioridad es para el ser no nacido.

—Nuestra preocupación gira en torno a Vanessa —hablaba ahora la jefa de neonatología—, pero también a la evolución de su embarazo y al bienestar de su bebé. Por eso hay un grupo interdisciplinario de profesionales atendiendo este caso.

—No dejen morir a nuestra hija, por favor —suplicó Luz.

—Estamos aquí para salvar vidas, y no para dejarles morir —aseguró García, responsable de todo el equipo médico—. Esa es la principal razón de practicar la cesárea tan rápido. Lo deseable sería esperar una semana más de gestación, pero sacaremos al bebé para empezar a operar las múltiples roturas que tiene su hija —iba a alejarse cuando, sorpresivamente, se giró—. Por cierto, si son creyentes les sugerimos que hagan oraciones. La fe juega un papel muy importante en casos como este.

ENCUENTRO EN EL HOSPITAL

Dani se apartó a un rincón de la sala y llamó a su madre. Un sentimiento de soledad iba sumándose al terror que lo atenazaba por el curso que tomaban los acontecimientos.

—Necesito que vengas al hospital, mamá. Por favor, ven en cuanto puedas.

Treinta minutos después Sofía llegaba al centro hospitalario y se dirigió al mostrador de información para preguntar por la localización de Vanessa. Había una fila de personas aguardando y ocupó su posición tras un joven a quien le llegó el turno seis minutos después.

—Buenas tardes —saludó el chico a la joven que estaba al otro lado del mostrador—, ¿podría informarme de la habitación que ocupa Vanessa Torres?

Sofía concentró su atención al ver que aquel muchacho había nombrado a la misma paciente que buscaba ella. La empleada consultó los monitores de información, y enseguida explicó:

—No está en habitación. Aún se encuentra en la unidad de cuidados intensivos.

—¿Significa eso que su vida corre peligro?

—Disculpe, pero esa información no podemos facilitarla aquí —explicó la auxiliar—. Si es usted familiar directo tiene derecho a recibir información de los doctores. Para ello solo debe aproximarse al área de UCI, por aquel pasillo de la derecha.

—Ha sido usted muy amable —repuso el joven—. Le estoy muy agradecido.

Sofía se sintió impresionada por la educación con la que aquel chico hablaba. Le llamó la atención también lo apuesto y atractivo que era: el cabello rubio, largo y muy cuidado. Cuando se giró para marcharse los ojos azules del muchacho se encontraron con los de Sofía y esta se extrañó al ver la gran sonrisa que presentaba el joven. Cualquiera diría que se había puesto feliz al saber que Vanessa se encontraba en estado crítico.

—Disculpa —en un impulso se dirigió a él—. ¿Eres familiar de Vanessa? Es que yo también vengo a verla.

—No —titubeó un poco—. Solo soy amigo, disculpe, es que tengo prisa.

El muchacho casi corrió hacia la puerta de salida, y Sofía, como había escuchado todo lo que necesitaba, se retiró de la fila de espera con la intención de dirigirse hacia el pasillo que la conduciría a la UCI. Apenas hubo dado un paso cuando escuchó que de nuevo alguien preguntaba en información por la ubicación de Vanessa Torres, por lo que se detuvo y se aproximó a él.

—Hola, mi nombre es Sofía, voy a ver a Vanessa.

—Hola, soy Felipe, hermano de Vanessa. Si me lo permite, la acompaño.

SILENCIARLA

Su teléfono sonó apenas hubo salido de la residencia hospitalaria.

—Hola, Fa. ¿Pudiste averiguar en qué habitación está?

—Todo va bien, Salva. No está en ninguna habitación, sigue en la unidad de cuidados intensivos. Dios es justo y no vivirá.

—Será mejor para ti que no viva —le recordó—. Como la chica hable, estás frito.

—¡No hablará! —Fabián lo dijo con ira—. En el improbable caso de que salga de esta, buscaremos la forma de silenciarla.

—¿Y de él? —inquirió—. ¿Has pensado qué hacer con él?

—Por ahora debemos seguir trabajando para tenerlo bien sujeto en *La Causa*. Dani es dócil y moldeable como un angelito de arcilla tierna.

¡FELIPE!

Unos segundos después Sofía abrazaba a su hijo, quien quedó perplejo al ver que venía acompañada del "filósofo". La perplejidad alcanzó cotas indescriptibles cuando su madre le informó:

—Felipe es hermano de Vanessa y ha tenido la gentileza de acompañarme.

Dani clavó sus ojos en él y en sus pupilas había interrogantes del tamaño de castillos. Felipe le hizo una seña de que callara, y con un movimiento de manos intentó indicarle que más tarde le explicaría todo.

Acompañados por Fran acudieron a una sala de espera poco concurrida. El psicólogo sacó cuatro cafés de la máquina y entre Dani y él pusieron a los recién llegados al día de todos los acontecimientos.

—Felipe, imagino que tú ya conoces todos los detalles —aventuró Sofía.

—Me avergüenza admitirlo, pero, aunque Vanessa es mi hermana, no tengo ninguna información —al ver el gesto de sorpresa en todos, explicó—: La relación con mis padres y mi hermana ha sido casi nula en el último tiempo. Llevo meses viviendo en otra ciudad; solo ayer mi madre me informó someramente de lo ocurrido, por eso vine hoy.

Fran puso su brazo derecho sobre el hombro de Felipe y lo mantuvo allí unos segundos.

—Vanessa está conectada a un respirador —dijo Dani.

—Le han aplicado unos medicamentos que aún están en fase de experimentación —explicó Fran—. Precisaron de un permiso firmado por los padres. Era eso o dejarla morir.

—Ahora están haciendo una cesárea —añadió Dani—. Tus padres, Felipe, están en la sala de espera de quirófanos. ¿Podríamos ir allí? —miró a Fran al preguntarlo.

—Imagino que no tendrán inconveniente en que los acompañemos —opinó el doctor.

—No sé si estoy preparada para verlos —admitió Sofía—. Hijo, debes entender que yo sufrí tanto como tú cuando Vanessa te abandonó.

—Tampoco yo me siento con ánimo para ir —repuso Felipe—. Mejor espero aquí.

—Mamá —Dani la abrazó—. Aquello ya pasó. Vanessa me ha pedido perdón mil veces. Lo que ahora importa es que ella y el bebé salgan adelante.

—Felipe —Fran posó su mano sobre el antebrazo del "filósofo"—, creo que ellos te necesitan, y estoy seguro de que tú los necesitas a ellos. Un hospital es el lugar desde el que se levantan las oraciones más sinceras, y el espacio donde se restañan las diferencias y heridas más atroces. No importa lo que ocurriera en el pasado... llorar juntos une.

Asintió Sofía, y también Felipe. Apuraron los cafés, y tras echar los vasos de cartón al depósito correspondiente, todos se dirigieron a la zona de quirófanos.

Justo cuando llegaban observaron que una doctora, acompañada de Emiliano García, se aproximaba a los padres de Vanessa. Aunque se mantuvieron a una prudente distancia pudieron escuchar a la jefa de neonatología:

—La bebé ha nacido con treinta y un semanas y seis días de gestación. Es una preciosidad: treinta y cinco centímetros de perfecta humanidad. Tiene un peso de 1,8 kilogramos, lo cual es adecuado para su edad gestacional. Va a requerir soporte respiratorio durante un tiempo, pero todo anuncia que saldrá adelante.

—Ese bebé es un verdadero milagro —dijo el doctor García—. Y el segundo milagro es que Vanessa sigue respirando. Cierto es que lo hace aún con ventilación mecánica, pero teníamos serias dudas de que lograse superar la cirugía.

—Su hija se ha comportado como una verdadera luchadora —afirmó la jefa de neonatología.

—Se llamará Abigail —repuso Pedro.

—¿Perdón? —inquirió García.

—La bebé —aclaró Pedro Torres—. Se llamará Abigail. Ese era... —se dio cuenta de que había hablado en pasado—; ese es el deseo de nuestra hija.

—¿Está fuera de peligro? —Luz se acercó al médico y agarró su brazo derecho con ambas manos—. Vanessa, mi hija, ¿ya está fuera de peligro? —el anhelo chorreaba de cada letra de su pregunta.

—Aún no —repuso con honestidad el doctor—. Es necesario que pase tiempo, pero no pierdan la esperanza y sigan rezando por ella.

Fue justo en ese instante que Pedro giró la cabeza y vio a Felipe. Palmeó dos veces el brazo de Luz, y le hizo un gesto con la cabeza en dirección hacia donde estaba su hijo. Al verlo la mujer profirió un grito y corrió hasta él; lo abrazó y lloró a lágrima viva, como si durante mucho tiempo hubiera estado reteniendo el llanto y ahora la represa hubiera estallado. Pedro se aproximó lentamente y se sumó al abrazo, llorando también, pero en absoluto silencio.

LA VERDAD DEL FILÓSOFO

Esa misma tarde Felipe y Daniel pasearon por un parque cercano al hospital. Ambos necesitaban despejarse y el camino arbolado era una opción inmejorable.

— ¿Te parece que nos sentemos? —dijo Dani, señalando a un banco de madera que había frente a una fuente de surtidores.

Dani necesitaba aclarar muchas cosas acerca de su admirado "filósofo". Descubrir que era hermano de Vanessa lo había dejado en *shock*, pero había otras muchas dudas, y Felipe no tuvo el más mínimo reparo en responderlas.

Salí de *La Causa* cuando supe que de no hacerlo moriría emocionalmente. No fue un arrebato ni un impulso lo que me sacó de allí, sino la meditada certeza de que mi salud mental estaba en juego. Por momentos llegué a estar convencido de que, de no irme, podría ser capaz de terminar con la vida de alguno de ellos.

—Me parece imposible —replicó Dani—. Eres la persona más pacífica y cerebral que conozco.

—No estés tan seguro —sugirió Felipe—; todos tenemos un límite y, superado, podemos hacer cosas impensables.

—¿Cómo conociste *La Causa*, Felipe?

—Mi hermana, Vanessa, me invitó; me dijo que había encontrado a un grupo donde se respiraba amor, fraternidad y espíritu solidario —había ensoñación en su voz—. Son valores que amo, así que acudí y me gustó enseguida. En *La Causa* estaban tan necesitados de recursos humanos, ya sabes, voluntarios, que enseguida me pusieron a trabajar y me resultó sencillo escalar posiciones hasta llegar al núcleo.

Dani pensó que exactamente igual había ocurrido con él, y quiso saber.

—¿Qué fue lo que te hizo salir?

—Una noche Vanessa me llamó, y entre lágrimas me pidió que fuera a la sede a buscarla —su gesto se descompuso en el recuerdo. La piel del rostro se puso lívida y apretó los labios hasta formar con ellos una fina línea—. La encontré destruida, con la ropa rota y echa un mar de lágrimas —guardó silencio e inspiró profundamente, como si hubiera agotado sus reservas de oxígeno—. Fabián había abusado de ella y se marchó dejándola tirada en el suelo.

—¿Cómo dices? —en un impulso incontrolado e incontrolable Dani se incorporó del asiento y quedó en pie ante Felipe—. ¿Es una broma?

—Ojalá lo fuera —había desolación en su rostro—. Ese canalla forzó a mi hermana.

Dani sintió que un cortocircuito se producía en sus entrañas. Volvió a tomar asiento al percibir que se mareaba. Cólera e indignación le hacían difícil respirar.

—Forzó a Vanessa —Felipe lo repitió apretando tanto los puños que los nudillos se pusieron blancos—. Le dije a mi hermana que fuéramos a la policía para denunciarlo, pero ella se negó rotundamente. Creo que estaba enamorada de Fabián. Ese día ella y yo tuvimos la discusión más grande de toda nuestra vida.

—¿No hablaste con Fabián?

—¡Claro que lo hice! —replicó—. Le hablé con furia y le dije mil cosas que no puedo repetir. Me pidió perdón mil veces. Lloraba como un niño y parecía sinceramente arrepentido. Es experto en victimizarse. Apeló a la caridad cristiana y logró convencerme de que había sido un desliz que debíamos perdonar. Intenté seguir adelante, pero ya nada fue igual.

—¿Por qué no lo denunciaste?

—No habría servido de nada. Mi hermana llegó a decirme que si yo presentaba denuncia ella diría que todo era falso. Su negativa fue rotunda —reforzó la negativa con movimientos de cabeza—. Mi denuncia, no siendo respaldada por la víctima, solo habría logrado reforzar a Fabián. Esa fue la causa de que Vanessa y yo discutiéramos y dejásemos de hablarnos. Incapaz de seguir viéndolos a él y a ella cambié de ciudad, para no ver, no saber y no sufrir... hasta ahora.

—Imagino que lo odias...

—Por supuesto que no —fue firme en la negativa—. Odiar nunca ha resuelto nada, pero suele estropearlo todo —negó con la cabeza varias veces—. Odiar mata, Dani, pero no al odiado, sino al odiador. Para vivir hay que aprender a perdonar.

—Qué decepción me produce la actitud de Vanessa —reconoció Dani—. No comprendo que no lo haya denunciado.

—Dani, nunca olvides que a veces la gente buena toma malas decisiones, pero eso no las convierte en malas personas.

—¿Estás diciendo que Fabián es buena persona?

—No dije eso, Dani. Hablaba de mi hermana, pero incluso pensando en Fabián, no nos corresponde a nosotros juzgar a nadie. Solo dije que odiar mata. Es como ingerir nosotros mismos un veneno esperando que provoque daño en el otro —miró con intensidad a Dani para decir lo siguiente—: Si sabes que una relación te daña, pon distancia de ella; pero odiar a alguien es lo contrario de alejarte de esa persona. El odio te pega a él como una segunda piel.

—Me escribiste para decirme que tuviera cuidado. Aún guardo tu mensaje —buscó en su historial de conversaciones hasta localizarlo, entonces lo leyó—: "Hola Dani, te escribo con dos objetivos: el primero es hacerte saber cuánto extraño las interesantes conversaciones que manteníamos. Eres una persona honesta y leal. Lo segundo es para pedirte que tengas cuidado. Cuídate, por favor. Tu honestidad y nobleza son valores impagables, pero suponen puntos de alta vulnerabilidad en el entorno en que te mueves. Me dolería mucho que te dañasen". Ahora comprendo tu mensaje, como también el siguiente que me enviaste —le dio lectura—: "Si alguna vez tuvieras dudas sobre los pasos a dar, o llegases a necesitar vientos de libertad, Vanessa dispone de información que puede encauzarte en la dirección correcta".

—Pero optaste por ignorarlos —sonrió Felipe al reprochárselo.

—Fabián nos dio instrucciones terminantes: cero contacto contigo.

—Lo sé —indicó—. El látigo del silencio y la ley del hielo son las estrategias que se utilizan con quienes consideran desertores de *La Causa*. Cuando el que se marcha no responde al hostigamiento, la culpabilidad y la condenación, entonces aplican la técnica opuesta: hielo y silencio.

—¿Qué me recomiendas, Felipe?

—Que tengas cuidado y te protejas de ese tipo de liderazgo —le apercibió—. Cuando la autoridad del ministerio se convierte en un grillete para otros, no sana, sino que hiere.

—Cuando estoy solo tomo la decisión de no dejarme manipular —confesó Dani—, pero luego, frente a Fabián, su autoridad me desarma y me vuelvo manipulable.

—No es autoridad lo que tiene Fabián, solo tiene el poder que le confiere la posición de liderazgo que ocupa —aclaró el filósofo—. Quien constantemente debe recordar a otros su posición de poder, y él lo hace en cada discurso, es porque hace tiempo que perdió la autoridad.

—Sin embargo, me parece increíble que tenga esa doble intención. Se le ve tan buena persona y con tan buenas intenciones.

—¿Oíste hablar de los psicópatas narcisistas?

—Sí, aunque no sabría identificar uno.

—Fabián lo es, no tengas la menor duda, y eso lo convierte en tu tipo peligroso —Felipe hablaba con la seguridad de quien estudió a fondo el tema antes de exponerlo—. Lo que hace complejo identificar al narcisista es que tiene dos rostros: el público y el privado, y ambos presentan matices muy diferentes, incluso contrarios. El narcisista en público es una persona encantadora, carismática y cautivadora, admirada por todos. Se desenvuelve con seguridad, encanto y gracia, conquistando sin esfuerzo a la gente con su personalidad magnética.

—Tu descripción me hace visualizar a Fabián moviéndose en la sede.

—Lo sé, pero luego está el narcisista en privado, que puede llegar a ser un monstruo, un tirano, un maestro de la manipulación. Se transforma en una persona completamente diferente, revelando sus verdaderos colores. Se vuelve cruel, despiadado y perverso, y utiliza su encanto e ingenio para controlar y explotar a los que les rodean.

—De nuevo me parece ver a Fabián —afirmó Dani—. En este caso al que conocí en el último tiempo. Es una especie de Dr. Jekyll y Mr. Hyde.

—¡Exacto! —exclamó Felipe—, esa es una analogía perfecta de la doble personalidad del narcisista. Al igual que el famoso personaje literario, llevan una doble vida, cambiando sin problemas entre sus personajes públicos y privados. En público, son la personificación del encanto y la sofisticación, pero a puerta cerrada, dan rienda suelta a su mitad más oscura. Guardan su peor comportamiento para los más cercanos, ocultando su verdadera naturaleza al mundo.

—Estremece escuchar eso.

—No te dejes engañar por su imagen pública —recomendó Felipe—. No te dejes seducir por su encanto y carisma. Porque, en privado, revelarán su verdadero yo, es un monstruo con el que no querrás encontrarte. Así que ten cuidado con el síndrome del Dr. Jekyll y Mr. Hyde, y nunca subestimes la capacidad del narcisista para hacer el mal.

—¿Un psicópata narcisista es un enfermo? —quiso saber Dani.

—No es un enfermo mental, es importante aclararlo. Tiene todas sus capacidades cognitivas al cien por ciento; tiene la capacidad de planear, y eso lo convierte en una personalidad peligrosa —advirtió—. Destaca por tres aspectos: envidia patológica, la mentira patológica y la ausencia total de empatía, es decir, no puede ver a otros como seres humanos, sino como objetos a depredar —Felipe siguió desgranando el análisis—. Esas tres características lo llevan a una cuarta: un alto sentido de derecho. Se siente con pleno derecho sobre la vida de los demás: sobre su tiempo, sobre sus pensamientos, sobre sus ideales. Se cree dueño de todo y todos. Pareciera que tiene una gran autoestima, pero en realidad tiene una muy baja autoestima, pero disfrazada de un gran ego.

—¿Fabián responde a esas características?

—Sin lugar a dudas, encaja perfectamente en esa descripción. Por eso mi énfasis en que te conduzcas con cuidado.

—Quisiera salir de esto, pero me siento tan cautivo de *La Causa* —lamentó Dani—. Intento convencerme de que hay vida fuera de eso, pero no logro conseguirlo.

EL FILÓSOFO TERAPEUTA

—¿Me permites darte algún consejo? De filósofo a amigo —rio Felipe.

—Te ruego que lo hagas. Lo necesito desesperadamente.

—El enamoramiento activa neurotransmisores y hormonas del sistema límbico que aumentan la sensación de bienestar, provocando una sensación de euforia y placer. En este sentido, diríamos que el amor nos ciega por su inhibición en la valoración de los atributos negativos del objeto de nuestro amor —y aclaró—; ese objeto puede ser una persona, una cosa o una causa.

—Hasta aquí coincides de lleno con el criterio de Fran, mi psicólogo, pero dime, ¿es posible amar sin volverte ciego?

—Es una buena pregunta —admitió Felipe—. Amar sin volverte ciego parece algo complicado, ya que hemos visto que hay estructuras cerebrales, hormonas y neurotransmisores implicados. Aun así, quiero algunas cosas que a mí me resultaron muy útiles.

—¿Me permites que grabe esta conversación? —pidió Dani—. Quisiera estudiarlo luego con calma.

—¡Buena idea! Activa la grabación de tu teléfono.

Enseguida inició su locución.

—Consejos para no quedar ciego por una persona ni por unos ideales:

1. *Asume que no vas a ser imparcial ni objetivo:* el primer paso es aceptarlo. Por lo tanto, es importante que conozcas y aceptes que no siempre actuarás de manera imparcial y

que vas a estar "cegado" por el amor. Esto te ayudará a ser más crítico con las decisiones que tomes.

2. *Conéctate contigo mismo:* es importante que tú seas tu principal foco de atención y te dediques tiempo de calidad, de manera que no te olvides de quién eres. Amarse uno mismo es el comienzo de un romance que dura toda la vida.
3. *A veces harás algo lo mejor que puedas, y peses a ello no saldrá bien.* Sé comprensivo y tolerante contigo mismo.
4. *Dale volumen a tu confianza y bájaselo a tus inseguridades.* Eres la persona que muchos querrían ser y muchas querrían tener.
5. *No podrás caerle bien a todo el mundo, asúmelo y deja de intentarlo.* No conozco a ciencia cierta la clave del éxito, pero sé cuál es la clave del fracaso: intentar complacer a todos.
6. *No podrás resolver los problemas de todos, ni tampoco te corresponde hacerlo.*
7. *Establece límites:* no cedas a todo. Está muy bien hacer alguna "locura" por amor, pero no dejes todas tus creencias ni valores fuera de tus límites. Es importante que tengas claro cuál es el límite que no se debe sobrepasar. "El amor nos obliga a hacer cosas que nunca nos habríamos imaginado que seríamos capaces de hacer, para bien y para mal".
8. *Sé consciente de que "la otra parte" tiene fortalezas y también debilidades:* seguro que tiene muchas cosas positivas, pero tendrá algún defecto. Debes aceptar que está ahí.
9. *No continúes dando de ti cuando sientas que has llegado a tu máximo:* que el amor nos obligue a hacer cosas que

en otras situaciones no habríamos hecho, puede generar mucho estrés. Debemos tener claro que amar a alguien no significa sacrificarlo todo.

10. *Consulta a tu entorno más cercano y escúchalo:* en algunos momentos de la relación podemos necesitar la ayuda de una visión externa y más objetiva que nos guíe durante esa ceguera.
11. *Recuerda que sigues teniendo una vida más allá de esa entidad:* que tengas una posición y seas responsable en el desempeño de tus funciones no significa que dejes de tener tu propia vida. Piensa que estás viviendo una película en la que eres tu propio protagonista, el resto son personajes secundarios.

Dani comprendió por qué a Felipe lo llamaban "el filósofo". Había auténtica sabiduría detrás de ese temperamento flemático y aparentemente tímido.

DE NUEVO EN LA SEDE

Conducía Dani de regreso a casa cuando una llamada telefónica resonó en el habitáculo del automóvil. Conectando el sistema manos libres escuchó la voz de Fabián:

—Dani, te llamo para preguntar por Vanessa.

Aquellas palabras sonaban demasiado extrañas en boca del líder.

—¿De verdad te interesa saber cómo está? —interrogó.

—Por lo visto no acabas de entender quiénes somos —sonaba ofendido Fabián—. Lo que nos interesa es el bien de todos, y a eso dedicamos la vida.

—Me alegra escucharlo —dijo Dani—. Entonces te alegrará saber que Vanessa está reaccionando muy bien. Ha tenido una preciosa hija y confiamos en que pronto ella misma se estabilizará.

—¿Quieres decir que no morirá? —era evidente la alarma en su voz.

—Con la ayuda de Dios no.

—¡Ah! OK... ¡Qué bueno! —cambió entonces de tema—. ¿Cuándo vendrás por aquí?

—No tengo la menor idea, Fabián. Desde luego que por ahora no iré. Estoy con la cabeza en esta situación de Vanessa. Creo que volveré, pero no sé cuándo. Siguen doliendo las heridas que abriste.

—Todavía no has comprendido nuestro propósito al hacer lo que hicimos. Todo fue para protegerte y resulta que ahora nos abandonas —siguió utilizando las técnicas más depuradas del perfecto narcisista—. Te tendemos la mano y nos dejas con ella en el aire. No está bien lo que haces. De todos modos estamos dispuestos a perdonarte. Ven el domingo a la reunión y hablemos después. Se aproxima el gran congreso y hay mil cosas por resolver. Te necesitamos, Dani, no sabes cuánto.

Viendo la intensidad que adquiría la conversación, y temiendo que eso le distrajera de la conducción, optó por detener el vehículo en una calle. Los consejos recibidos de Fran y de Felipe habían fortalecido la endeble estructura emocional de Dani, por lo que se vio con recursos para responder al líder.

—Fabián, dices que me perdonas y, honestamente, no sé de qué —Dani estaba recuperando la objetividad gracias al apoyo profesional y a la perspectiva que le proporcionaba mirar las cosas desde cierta distancia—. Todo lo que hice desde que llegué allí fue darte cada minuto de mi vida y cada gramo de mis fuerzas. Te he dado mis mejores años. ¿Eso es ser malo?

—¿Nos ayudarás con los detalles del congreso?

—No, Fabián. En este momento, más que para ayudar, estoy para recibir ayuda.

La negativa enfureció al líder.

—Escucha, Dani, no se trata de cómo empezamos, sino de cómo terminamos. Lo tuyo no está siendo un buen final —tras un oportuno y calculado silencio, Fabián disparó munición de alto calibre—. Lo que le ocurre ahora a Vanessa, ¿te has parado a pensar que puede ser culpa tuya? No sé si morirá finalmente, pero, ¿no eres capaz de ver que todo es fruto de tu pecado?

El discurso le pareció a Dani tan cruel y descarnado que cortó la comunicación. La descripción de Felipe vino a su mente: "El psicópata narcisista adolece de una ausencia total de empatía, es decir, no puede ver a otros como otros, como seres humanos, sino como objetos a depredar". Cruzó los brazos sobre el volante del automóvil y sobre ellos recostó la cabeza.

Durante los tres días siguientes no volvió a tener noticias. Nunca una palabra de disculpa ni la más mínima autocrítica. Dani sintió que le habían desgarrado el alma y ahora el verdugo se tornaba en víctima.

"No seas necio", le escribió Salva al cuarto día y en tono menos diplomático, "necesitas cerrar los ciclos bien para ser feliz en la vida".

Estaban decididos a que Dani permaneciera bajo el yugo de *La Causa*; era demasiado lo que estaba en juego.

"¿No cerré bien el ciclo?", respondió Dani en un texto.

"Por supuesto que no".

Aquel día Dani estaba con sus defensas emocionales en niveles mínimos, y aterrorizado ante la posible muerte de Vanessa, y sabiendo que la pequeña Abigail todavía hacía equilibrios en la línea que separa la vida de la muerte, tomó la decisión de que el domingo acudiría a la reunión. Eso no implicaba volver a enredarse, solo iría con el objetivo de hacer oración por Vanessa y por Abigail.

Desde que comenzó el servicio Dani percibió que aquella atmósfera lo intoxicaba. Cada segundo transcurrido le robaba oxígeno. Quienes le conocieron como miembro del consejo ejecutivo y luego escucharon su confesión, ahora lo miraban con desdén y juicio. Percibió mil ojos como dardos hincándose en su espalda, e incluso algunos en su pecho, pues lo miraban de frente y con descaro.

La gota que colmó el vaso fue cuando Fabián ocupó el púlpito para hablar y lo convirtió en trinchera desde la que disparó todo tipo de munición, convirtiendo la Biblia en un libro condenatorio, e incluso mirando directamente a los ojos de Daniel para lanzar sus proyectiles de verbos y adjetivos.

Unos minutos antes de que la reunión concluyera, Daniel, mareado y débil, corrió a su automóvil.

AÚN BAJO SOSPECHA

Estaba llegando a su vehículo cuando escuchó que lo llamaban.

—¡Dani! —al girarse vio al subinspector Díaz—. ¡Hola Dani! ¿Serás tan amable de acompañarnos? —lo dijo señalando al coche patrulla, un Cupra León e-Hybrid que estaba estacionado cerca—. Tenemos un par de preguntas que hacerte.

Desde el automóvil lo saludó, con un leve movimiento de mano, el inspector Gómez.

¡Lo habían seguido hasta el centro de reuniones de *La Causa*!

—¿Unas preguntas? ¿Tiene que ser ahora? —inquirió Dani—. ¿Podría ser en otro momento?

Gómez descendió del automóvil.

—¿Por qué razón no puede ser ahora? —preguntó.

—No me siento bien —y era cierto, pues doblándose sobre su estómago, se apartó dos metros y vomitó.

—¡Chico, estás vomitando! —gruñó el inspector poniendo un gesto de repugnancia—. ¿Qué has tomado ahí adentro.

—¿Te encuentras bien, Dani? —dijo el subinspector.

Una nueva bocanada le hizo vaciarse, tras lo cual se sintió algo más aliviado.

—¿Necesitas que te llevemos al hospital? —ofreció Díaz.

—No, gracias, ya me encuentro mejor.

—Está bien, te dejaremos descansar —renegó Gómez—. Te esperamos en la comisaria esta tarde a las cinco. No faltes, ¡y sé puntual!

Dani subió a su automóvil, pero antes de ponerlo en marcha echó mano de los ansiolíticos y luego llamó a Fran.

—¿Podríamos vernos?

—¿Ocurre algo? —preguntó el doctor, preocupado.

—Acabo de salir de una reunión en la sede.

Un resoplido de reproche llegó hasta el oído de Dani.

—¿Por qué volviste a meterte allí? —el tono de voz denotaba el gran enfado que Fran sentía.

—En realidad vine a la reunión para orar por la salud de Vanessa y de Abigail.

—¿Te fue bien?

—No pudo ir peor —reconoció Dani—. Acabo de tomar un ansiolítico, porque sentí que me desmayaba.

—No debiste haber ido —le reconvino—. Ven a casa y hablamos. ¿Te sientes con fuerzas para conducir o necesitas que vaya a buscarte?

—Puedo ir, no te preocupes. Gracias, Fran.

—Te espero en casa.

Sintiendo la cabeza abotagada a causa de la tensión mezclada con el efecto del tranquilizante, condujo hasta la casa del psicólogo. Afortunadamente era una distancia corta.

No era solo un profesional de la psicología quien allí lo esperaba, sino un amigo que lo recibió con un abrazo, y esa fue la mejor manera de comenzar la terapia.

Dani relató su nuevo encuentro con los agentes.

—Me da la impresión de que me siguen —dijo—. Me consideran culpable de lo que le ha ocurrido a Vanessa.

—Pero ¿no leíste el papel que Vanessa redactó para ti?

—¡Lo olvidé completamente! Lo tengo en otro pantalón en casa.

—Bien, de ese tema de la Guardia Civil, despreocúpate. En cuanto leas la carta entenderás por qué lo digo. Además, vamos a confiar en que pronto Vanessa estará en condiciones de hablar. Olvida eso, y vamos a lo otro: tu dependencia emocional.

—Estoy un poco mareado —reconoció Dani—. Te dije que me tomé un ansiolítico, pero en realidad fueron dos.

—Amigo, a menudo para dejar de tomar pastillas hay que tomar decisiones.

—Lo sé, Fran. Ojalá fuera más sencillo.

—Siéntate —retiró unos almohadones del sofá. Todo tenía el aspecto de que Fran estaba tumbado en el tresillo, tal vez viendo una película o leyendo un libro—. Te traeré un vaso con agua; necesitas estar bien hidratado para digerir los tranquilizantes.

Apenas tardó cinco segundos en llegar con un vaso de agua fría.

—Bébelo —le dijo.

—Fran, me aterra la posibilidad de que al estar mal con ellos, pueda estar mal con Dios —confesó Dani—. Siempre me dijeron que lo que hacen es por mi bien. Me educan porque me aman.

—¿Te educan? —replicó Fran—. Escúchame. Hay actitudes que castigan, pero no educan, solo humillan e hieren. Educamos con autoridad y educamos con límites, pero también debemos educar con límites en la autoridad. ¿Cómo llamaríamos a un adulto que pega a su hijo?

Dani lo miró algo perplejo, sin encontrar qué responder.

—Si un adulto pega a otro adulto, lo llamamos violencia —explicó el doctor—. Si un niño pega a otro niño, lo llamamos agresión. Si un niño pega a un adulto lo llamamos falta de respeto. Pero si un adulto pega a un niño, todavía hay quien lo llama educación, ignorando que el golpe no educa, sino que humilla y avergüenza —lo siguiente lo enfatizó hablando despacio y casi marcando cada sílaba—. ¿No te das cuenta de que ellos han adoptado el papel de padre maltratante y tú estás siendo el hijo maltratado?

—Lo que más me aterra es que son ellos quienes parecen tener la exclusiva de la reconciliación con Dios. Es decir "solo estando bien con ellos estaré bien con Dios".

—La manipulación más horrible es la que usa la Biblia como elemento de coacción —había tristeza en la voz de Fran—. Suelen torcerla groseramente y la utilizan como látigo en vez de usarla como bálsamo. Eso es algo vergonzoso.

—¿De verdad crees que de esto puedo salir? —Dani necesitaba escuchar que sí, que saldría de esa dependencia tan atroz.

—No solo saldrás —aseguró Fran—, sino que lo harás libre, y algún día regalarás plumas a quienes hoy no quieren dejarte volar.

—Gracias, Fran. ¡Cuánto lamento el tiempo perdido!

—Nunca es tarde para reorientar la vida.

—Pero he perdido un tiempo valioso de mi vida. He arruinado mis relaciones, se fueron mi amistades. He fracasado.

—Cometiste un error, eso es cierto, pero ahora depende de ti rentabilizar ese error convirtiéndolo en un maestro. Si lo haces, lejos de perder habrás ganado. El único fracaso cierto es aquel del que no aprendemos nada, pero si aprendes, lo que hiciste fue cursar en la universidad de la vida, y de ella siempre sales más sabio.

—¿Es eso cierto? —preguntó Dani—. ¿No lo dices por animarme?

Francisco sintió gran pesar al ver a su amigo victimizándose.

—"He fallado más de nueve mil tiros en mi carrera. He perdido casi trescientos juegos. He fallado una y otra y otra vez en mi vida. Y gracias a eso alcancé el éxito". ¿Sabes quién afirmó eso?

—No tengo la menor idea.

—Michael Jordan... "el águila de la cancha", que volaba cuando iba a encestar —dijo Fran, y explicó—: Llegó a ser el mejor jugador de baloncesto de todos los tiempos. Los aciertos estimulan, los errores enseñan. Cuando conseguimos convertir los errores en maestros y los fracasos en lecciones, estamos en un camino que desembocará en la victoria. El hombre más sabio que pisó la tierra se llamó Salomón, y fue uno de los reyes de la nación de Israel. Él escribió lo siguiente: *Porque el justo cae siete veces, y vuelve a levantarse* (Proverbios 24:16, NBLA).

Dani asintió con la cabeza y en su mirada se veía gratitud.

—Y ahora cierra los ojos y descansa un rato mientras yo escribo algunos detalles que a partir de hoy deberás tener muy en cuenta —le recomendó Fran.

La sugerencia de su amigo le pareció magnífica, pues estaba agotado. Cerró los ojos, mientras el psicólogo, utilizando su habitual estilo, buscó una libreta, y sentándose en un sillón próximo, comenzó a escribir. Una hora después, y percibiendo que Dani no se había dormido, le dijo:

—¿Quieres oír este resumen que he escrito?

—Adelante, te escucho con atención.

—Escúchalo con los ojos cerrados —le dijo—. Facilitará tu concentración.

El doctor Gómez adoptó el papel de terapeuta y comenzó a desarrollar las pautas de comportamiento que Dani debería adoptar.

¿CÓMO EVITAR LA MANIPULACIÓN?

—*Lo primero es conocer tus derechos fundamentales. Para ponerle freno a la manipulación, es imprescindible que tengas presente algunos derechos que tienes como persona* —con su dedo índice dio varios toques a las líneas redactadas—. Escucha, son derechos tuyos, inalienables, nadie puede privarte de ellos. ¿Lo entiendes? ¡Son tuyos!

Retornó a la libreta y leyó:

1. *Tienes derecho a ser tratado con respeto.*
2. *Tienes derecho a expresar tus sentimientos, opiniones y deseos, aunque difieran de los de los demás* —puso mayor énfasis en la voz para explicarle—. Ni el miedo, ni la cortesía mal entendida, ni el temor a represalias, ¡nada puede privarte de tu derecho a tener opiniones personales y a expresarlas con educación y respeto!
3. *Derecho a establecer tus prioridades. Nadie puede exigirte que pongas en tercer lugar lo que tú entiendes que debe ir primero.*
4. *Derecho a decir "no" sin sentirte culpable* —y con un tono de voz sosegado pero firme, aseguró Fran—; el tener que decir sí a cualquier requerimiento no te convierte en una persona útil sino utilizada. Eso no es servir, eso es ser servil.
5. *Derecho a protegerte de las amenazas físicas, mentales y emocionales.*
6. *Derecho a planificar una vida feliz y saludable.*

—Dani, ¿vas entendiendo los diversos patrones que describo?

—Creo que sí, Fran. Los voy comprendiendo.

—Ahora, para hacer valer esos derechos fundamentales es imprescindible fijar límites que los demás no deben traspasar. Trazarás líneas rojas bien definidas, y no debes sentirte mal por defenderlas.

Líneas rojas que nadie debe cruzar:

- *Di "no" con firmeza. Puedes negarte a hacer todo aquello con lo que no te sientas cómodo. Es tu derecho. Valora la petición que te han hecho y, si no quieres ceder a la demanda, di "no" con firmeza* —quiso explicarle este punto—. Y, por cierto, Dani, a un manipulador no le des demasiadas explicaciones, porque lo asumirá como una debilidad o detectará en ti sensación de culpa, por lo que es probable que siga presionándote. Un "lo siento, pero no lo haré", suele ser suficiente.
- *Evita el mecanismo de autoinculpación. El manipulador emocional intentará explotar tus debilidades, por lo que tratará que te sientas culpable o inadecuado/a* —depositó el bolígrafo sobre la mesa y miró al chico—. Dani, abre los ojos y mírame —cuando hubo contacto visual el doctor insistió—, no caigas en su trampa, no permitas que sus palabras o actos generen un sentimiento de culpa. Pregúntate si te están tratando con respeto genuino, si la demanda es razonable y si te sientes cómodo satisfaciéndola.
- *Usa el tiempo a tu favor. En muchas ocasiones, el manipulador emocional presiona para que su víctima no tenga tiempo de pensar. Quiere una respuesta de inmediato y maximiza la presión para controlar la situación. Por tanto, una buena estrategia consiste en ganar tiempo para valorar lo que te está pidiendo. Cuando le dices: "Lo pensaré", también le estás dejando entrever*

que no estás dispuesto a caer en sus redes y que no dejas que te presionen con tanta facilidad.

—Mira, Dani, esta línea roja que ahora voy a leerte es importante:

- *Una de las maneras más efectivas para detectar a un manipulador emocional consiste en prestar más atención a sus actos que a sus palabras.* A menudo estas personas, sobre todo al inicio, son encantadoras y hasta aduladoras, pero si te fijas bien, descubrirás que sus comportamientos dicen otra cosa. Esa dicotomía es muy útil para descubrir la manipulación emocional, ya que una persona que dice amarte, pero que te presiona continuamente y relega tus necesidades a un segundo plano, probablemente está intentando manipularte.

Dani asintió con la cabeza antes de afirmar:

—Ese patrón de conducta he podido verlo perfectamente claro en ellos. También Felipe me dio algunos argumentos que coinciden totalmente con los tuyos.

- *Pregunta y clarifica. Los manipuladores emocionales suelen jugar con la ambigüedad y aprovechan el hecho de que sus víctimas no suelen plantarles cara. Por eso, ante la duda, lo mejor es replantear sus demandas.* Cuando escuches una solicitud irracional, devuélvele la pregunta para intentar que esa persona tome conciencia de lo que está haciendo. Puedes preguntarle: "¿Te parece razonable? ¿Crees que lo que me pides es justo? ¿Qué gano yo con ello?". De esta manera le colocas delante un espejo y le demuestras que no te dejas manipular fácilmente.

- *Establece una distancia psicológica. Hay casos en los que no queda más remedio que establecer una distancia, al menos una distancia psicológica del manipulador* —y quiso insistir en este punto—. Si crees que el manipulador no va a respetar tus derechos, es conveniente establecer una relación cortés, pero con ciertos límites que le impidan acceder a tu intimidad, de manera que puedas proteger tu equilibrio emocional.

- *Pide ayuda psicológica si lo necesitas. Si sientes que estás en una relación tóxica en la que otra persona te intenta manipular emocionalmente y no te respeta, pero no puedes salir de ella, aunque sabes que esa relación te está haciendo daño, es el momento de la ayuda de un psicólogo. En la vida es mejor ser filtro que esponja. No acumules, mejor filtra. Echa de ti lo tóxico y negativo. Vierte el agua sucia de la bañera y quédate con el bebé.*

Fran se concentró de tal modo en leer la enseñanza, que durante largo rato no alzó los ojos del papel. Cuando por fin lo hizo, descubrió que Dani dormitaba.

—¿Estás dormido? —obviamente lo estaba, porque no hubo respuesta—. No me extraña, con doble dosis de tranquilizante el cuerpo te pide descansar.

Le quitó los zapatos y lo arropó con una manta.

—Descansa, amigo. Te hará mucho bien dormir un buen rato.

LLAMADA TELEFÓNICA CORDIAL

Aquella tarde Dani regresó a casa bastante reconfortado. Le vino muy bien el descanso en casa de Fran, lo que no impidió que a la mañana siguiente durmiera hasta tarde. Después de desayunar dedicó la mañana a leer el escrito que Fran había redactado para él. Lo leyó y lo releyó, lo ingirió y lo digirió. Repasó y reposó cada uno de los principios, al punto de que casi memorizó el documento en su totalidad.

Después del almuerzo, llamó al padre de Vanessa:

—Dígame, Pedro, ¿hubo algún cambio en el estado de Vanessa? ¿Hay algo que pueda hacer por ustedes?

—Gracias, hijo, todo sigue igual —la actitud de Dani, genuinamente interesado en Vanessa, logró suavizar las reticencias que sus padres tenían hacia él—. El doctor García insiste en que estar sin noticias es la mejor de las noticias —explicó—. No estoy muy seguro de que eso sea así, pero debo resignarme a aceptarlo.

—¿Necesitan que vaya a acompañarles? Si lo desean puedo quedarme allí para que ustedes vayan a casa a descansar.

—Luz no consentiría en moverse de aquí —advirtió Pedro—, aunque bien que lo necesita. Tampoco yo quiero ausentarme. Estando aquí no hacemos nada por ella, pero al menos estamos cerca, y eso nos alivia.

—No duden en llamarme si necesitan cualquier cosa —les dijo—. Estaré pendiente del teléfono.

—Gracias, hijo.

Dedicó la tarde a pasear; algo que siempre le relajó, pero que hacía mucho tiempo no practicaba.

Tras un día tan relajado, preparó la cena, su especialidad: tortilla de papas y huevo. Cuando llegó Sofía la degustaron juntos. Se dio una ducha tibia y se fue pronto a dormir, decidido a recuperar fuerzas, pues tenía la sensación de que el proceso de Vanessa iba a requerir de buenas reservas de energía.

Cuando apagó la luz para dormir, se aseguró de que el teléfono no estuviera silenciado. Quería conocer de inmediato cualquier novedad que pudiera surgir.

ALGO OCURRE EN LA UCI

No era habitual ni estaba permitido, pero como deferencia a aquellos padres que decidieron atrincherarse en el hospital para estar cerca de su hija, a las once y treinta minutos de la noche les permitieron pasar una vez más a ver a Vanessa. Sería el último permiso del día. Estarían un rato con ella y luego ocuparían su habitual rincón en la sala de espera, donde pasarían una noche más intentando dormir, tumbados sobre cuatro asientos.

—Te espero fuera, cariño —le dijo Pedro transcurridos cinco minutos—. No obligues a las enfermeras a echarte, como ocurrió ayer.

—Tranquilo —repuso ella—. Estaré solo un ratito más.

Habían transcurrido diez minutos cuando un grito desgarrador surgió de la sala de cuidados intensivos.

Pedro reconoció de inmediato que aquel gemido había sido proferido por su mujer.

Iba a entrar a la zona, cuando un grupo de doctores y enfermeras que llegaban a la carrera lo hicieron a un lado, exigiéndole que se quedase afuera.

Cuatro minutos después salió Luz, con ojos desorbitados y las mejillas bañadas en lágrimas.

— Me han dicho que no puedo estar allí —lamentó.

VIAJE NOCTURNO A LA CLÍNICA

Su teléfono sonó a las dos menos cuatro minutos de la madrugada y encontró a Dani despierto, pues, contrario a lo que él había calculado, no fue capaz de conciliar el sueño. Cuando vio en la pantalla la imagen de Fran, tuvo la certeza de que la llamada estaría relacionada con Vanessa, y tardó más de diez segundos en vencer el terror que le producía conectarse. Supo que allí llegaba un comunicado de vida o de muerte. La más feliz noticia o el dolor más atroz.

Su mano temblaba ostensiblemente al posar su dedo índice sobre el botón de conexión.

—Dime, Fran, ¿qué noticias tienes?

—Es Vanessa —repuso su amigo.

—Lo sé, sé que me llamas por Vanessa, ¿qué ha ocurrido?

—No lo sé aún —reconoció—. Pedro me ha enviado una nota de voz. Estaba muy nervioso, dice que vayamos al hospital. Me ha pedido que llegue lo antes posible, me necesita como psicólogo para asistirles.

—¡Oh, Dios mío! —sollozó Dani.

—Estoy llamándote desde el automóvil —explicó Fran—. Voy hacia la clínica.

Dani sintió que su estómago se descomponía.

—Fran, estoy demasiado nervioso como para conducir —evitó decirle que aquella noche volvió a tomar dos ansiolíticos—. ¿Podrías pasar a buscarme?

—Por supuesto que sí. Llego en menos de diez minutos.

Dani se vistió a toda prisa y bajó a la calle a esperarle.

Veinte minutos después los dos cruzaban las puertas del hospital y corrían en dirección al área de intensivos. Apenas pisaron el pasillo que los conduciría a la UCI, vieron a Luz abrazada a Pedro, junto a ellos estaba Felipe.

Se detuvieron a cuatro metros, presagiaban lo peor.

Cuando la mujer los vio, deshizo el abrazo de su esposo y corrió a su encuentro.

—¡Ha abierto los ojos! —gritó una y otra vez—. ¡Ha apretado mi mano!

—¡Nuestra hija ha despertado! —gimió también Pedro, sin acabar de creérselo.

—Entraron los doctores y me han pedido que espere aquí afuera —Luz hablaba fuera de sí—. ¡Se los juro, Vanessa abrió los ojos y apretó mi mano!

Fran los abrazó, primero a ella, luego a él. Con timidez Dani se acercó, pero no se atrevió a ir más allá de un par de palmadas solidarias en el hombro de Pedro. Felipe, intuyendo el estado de nerviosismo de Dani, se puso junto a él y arropó los hombros con su brazo.

—Cuando me dijiste que necesitabas mi atención psicológica, me temí lo peor —explicó Fran.

—La necesitamos para gestionar la alegría que acabamos de vivir —explicó el padre de Vanessa—. Esta montaña rusa de emociones nos tiene descompensados.

Les tocó esperar largo rato hasta que por fin salió el doctor García:

—Señores Torres, los felicito. Tienen ustedes una hija extraordinariamente fuerte —lo dijo con una sonrisa tan radiante que a los padres les pareció que amanecía—. Pueden estar seguros de que ama la vida. Vanessa ha despertado del coma.

Luz y Pedro se abrazaron de nuevo y lloraron en silencio. Unas lágrimas que arrastraban consigo el terror acumulado durante interminables jornadas de angustia.

El doctor Emiliano García les indicó:

—A partir de ahora bajaremos progresivamente los niveles de ventilación mecánica para ver si sigue respondiendo. Si fuera así, y tengo la confianza de que así será, pronto podremos desentubarla.

De manera espontánea, no calculada, Dani tomó esta vez la iniciativa de aproximarse a los padres de Vanessa y envolver a ambos con sus brazos. Era la primera vez que tenía un gesto de ese tipo, y cuando reparó en que podía suponer un exceso de confianza, se dispuso a deshacer el abrazo, pero Pedro lo apretó con fuerza.

LA CARTA

Amanecía cuando Fran y Dani, junto con Felipe, bajaron a la cafetería del hospital para desayunar.

Apenas habían tomado un sorbo del café cuando escucharon que detrás de ellos saludaban.

—Amigo Dani, espero no estar interrumpiendo.

No necesitó girar la cabeza para identificar, en el tono grave y socarrón, que quien hablaba era el inspector Gómez. Recordó entonces que no había acudido a la convocatoria que le hizo dos tardes atrás. Olvidó completamente la cita.

—Hola inspector —saludó tímidamente—. Perdone mi ausencia la otra tarde, estuve bastante enfermo.

—Agentes, buenos días —saludo Fran, saliendo en ayuda del joven—. Soy el psicólogo que le atiende; lo que Dani les dice es cierto. Estuvo totalmente indispuesto, de hecho, lo asistí durante toda la tarde.

—Tranquilos —repuso Díaz—. No es eso lo que nos trae aquí.

—Dimos orden de que nos informasen de cualquier cambio que pudiera producirse en la salud de la chica —dijo Gómez—. Dicen que ha despertado del coma —miró entonces a Dani para advertirle—. Pronto estaremos entrevistándola y, como me has caído bien, quiero darte una nueva oportunidad de relatarnos la verdad de todo lo que ocurrió, antes de que nos lo cuente ella. Cualquier confesión que hagas podrá ser un atenuante.

—La verdad de todo lo que yo puedo imaginar que ocurrió se la dije desde el día primero —aseguró Dani—. Ya le dije, y lo mantengo, que yo no estaba con ella en el momento del accidente. Hacía muchos días que no la veía ni hablaba con ella.

—Sigues en tus trece —renegó el inspector—. Muchacho, más te vale que la versión de la chica coincida con la tuya. De otro modo estarás en serios problemas.

Fran reparó en un detalle, por eso intervino.

—Dani —le dijo—. ¿Esos pantalones vaqueros que llevas son los mismos que vestías el otro día?

—Imagino que sí —replicó sin entender el argumento del psicólogo—. Son los pantalones que más uso.

—Entonces es probable que en el bolsillo trasero lleves un papel importante.

Dani introdujo la mano en el bolsillo, y extrajo el sobre que Fran le había dado unos días atrás. Lo había olvidado totalmente.

Fran tomó el sobre de la mano de Dani, sacó el folio que contenía y lo tendió hacia los agentes.

—Lean esto, por favor. Es un testimonio escrito y firmado por Vanessa. Ella me lo entregó un día en la consulta. Soy el psicólogo que la estuvo atendiendo en el último tiempo.

—¿Es usted el psicólogo de la chica? —dijo el inspector con sorna—. Pues a juzgar por lo que la chica hizo después de ser atendida, no estoy seguro de que yo recomendase sus servicios.

Fran optó por ignorar la burla.

—Lean eso, se lo ruego —insistió.

Ambos agentes tomaron asiento y Gómez le pasó la hoja al subinspector.

—Léelo tú, Díaz. Tienes más estudios que yo —dijo en tono de burla.

El "poli bueno" se enfrascó en la lectura.

—¡Pero léelo en voz alta, caray!

—¡Ah! ¡Claro! —se excusó con la mirada—. Lo leeré en alto.

"Dani, debí decirte esto hace mucho tiempo, pero no encontré cómo hacerlo. Debes saber que yo pertenecí a La Causa. Me enrolé hace unos años. Mi aproximación fue como estudiante de primer curso de sociología. Me pareció un grupo social interesante y decidí que cuando concluyera el grado basaría mi tesis en ellos.

Desde el principio Fabián se mostró muy abierto a ayudarme, y en las conversaciones que mantuve con él pronto me fascinó su carisma y lo bien que accedía a mis entrevistas, estando siempre disponible. Además, no voy a negarlo, aquel cabello rubio y largo que cuidaba con tanto esmero, atrajo mi atención.

Ocurrió en nuestro quinto encuentro: Fabián se mostró más cercano de lo normal, y terminó pidiéndome algo a cambio de su información, y no me refiero a dinero. Cuando me negué rotundamente se enfureció, me forzó y luego se marchó dejándome tirada en el suelo de su oficina.

Comprendí entonces por qué me citaba siempre a horas intempestivas, asegurándose de que no hubiera nadie en la sede.

Cuando le dije que lo denunciaría me amenazó con decir que todo fue consentido. No había testigos de lo que me hizo, pero sí testigos de que yo había aceptado ir cinco veces a verlo de noche.

Su capacidad persuasiva, y el hecho de que maneja importantes cantidades de dinero de benefactores de La Causa, le permitirían acceder a los mejores abogados, por lo que decidí no emprender ninguna demanda.

Debes saberlo, Dani, esa es la razón de que Fabián no me acepte ahora en La Causa, y por eso quiere impedir a toda costa que estés conmigo. Teme que te lo cuente todo y juntos podamos emprender acciones legales.

Lo cierto es que ese episodio no me abandona y me ha empujado a una depresión profunda. No estoy segura de que valga la pena seguir viviendo, pero la esperanza de que puedas disculparme me disuade de dar pasos fatales.

Dani, lamento el daño que te hice, y comprendo que no quieras verme. Pero necesito decirte que te amo. Dejarte fue el gran error de mi vida".

El inspector liberó un silbido, mientras sacudía su mano derecha.

—¡Vaya con el guaperas! Menudo sinvergüenza —bufó, dando una fuerte palmada en la mesa—. Pues se le va a caer el pelo. Ya puede ir despidiéndose de su melenita rubia —retiró su silla ruidosamente y se puso en pie.

—Inspector, escuche —Díaz continuaba embebido en el escrito—, ¿se ha fijado en esta frase? —la leyó en voz alta—: "*No estoy segura de que valga la pena seguir viviendo, pero la esperanza de que puedas disculparme me disuade de dar pasos fatales*". ¿No le parece —dijo—, que la chica deja claro que no intentará quitarse de en medio? Según lo que yo entiendo este párrafo descartaría el intento de suicidio.

Gómez reflexionó un instante, y luego tomó la carta de manos del subinspector.

—Debo llevarme este escrito —dijo finalmente—. Aquí hay detalles importantes y será un documento necesario cuando se abra el proceso contra el predicador rubio.

Hasta ese momento, Felipe había asistido a la escena con perplejidad y sin entender nada. Consciente de ello, Fran le aclaró:

—Es una carta de Vanessa en la que declara haber sido forzada sexualmente por Fabián.

—¡Agentes! —lo gritó al ver que se alejaban—. Soy hermano de Vanessa, y quiero presentar denuncia por los hechos que sufrió mi hermana. Lo sé todo; yo mismo fui a buscarla tras la agresión que vivió.

—Te esperamos en la casa cuartel —dijo Gómez—. Pásate cuando quieras; estaré encantado de seguir engrosando el expediente para que ese angelito rubio de corazón negro pague por lo que hizo.

—Sigan desayunando —pidió Díaz mientras se alejaban—, y disculpen las molestias.

TIEMPO DESPUÉS

Veintisiete días después desconectaron a Vanessa del respirador y los médicos extrajeron el tubo que la había mantenido con vida durante casi cuatro semanas. Peinada por su madre y cuidadosamente maquillada, salió de la habitación con un pijama de color rosa y en una silla de ruedas. Allí, sobre su trono rodante, iba Vanessa, camino a ver a su diminuto bebé. La silla la empujaba un sonriente Dani.

No podía apenas hablar, pues el largo periodo de intubación dejó su tráquea muy dañada. Su voz surgía débil, pero no tanto como para que no se entendiesen sus palabras de gratitud a los médicos y enfermeras, así como a los familiares y amigos.

Cuando la aproximaron a la incubadora donde la pequeña Abigail seguía desarrollándose, su voz se quebró a la vez que sus ojos se encharcaban. Señalando al cielo exclamó —y eso sí se oyó con claridad—: ¡Gracias, Dios mío!

Cuando salían de la unidad neonatal, los dos agentes estaban aguardándoles.

—Hola, Vanessa —saludó el subinspector—. Créeme que me alegra tu recuperación, y deseo que también tu hija evolucione de forma muy positiva.

—Me sumo a los deseos de mi compañero —el inspector hizo el mayor esfuerzo para que su rostro mostrase algo parecido a una sonrisa—. ¿Podrías concedernos cinco minutos? Te aseguro que no te cansaremos.

—Apenas puedo hablar —susurró la chica señalando su garganta.

—No te preocupes no será necesario que digas casi nada. Entremos allí.

Gómez señaló hacia una puerta, y Dani comenzó a empujar la silla en dirección a ella.

—Tranquilo chico —dijo el inspector—. Mi compañero se ocupará de llevarla. Te prometo que enseguida te la devolveremos.

Los agentes entraron con Vanessa a una pequeña sala, y sin dilación el inspector tendió el folio escrito hacia ella.

—¿Puedes confirmar que esto lo has escrito y firmado tú?

—Lo confirmo —dijo apenas lo hubo mirado. No hizo la más mínima intención de leerlo—. Yo lo escribí y cuanto ahí digo es totalmente cierto.

Los dos agentes se inclinaron a ella para lograr descifrar el hilo de voz que salía de su boca.

—¿Estarías dispuesta a testificar ante un tribunal?

—Si me dan el tiempo necesario para recuperarme y que mi hija salga adelante, lo haré sin ningún tipo de problema —aseguró.

—Gracias, Vanessa —el subinspector agradeció en nombre de ambos—. Es todo por ahora.

DETENIDO

El día del congreso había llegado y la celebración estaba en pleno auge. Más de dos mil personas llenaban las gradas.

Fabián tenía el uso de la palabra y ese día estaba especialmente inspirado. Hablaba con tal convicción y fluidez que el auditorio estaba absorto en el discurso. Incluso alguno se enjugaba las lágrimas a causa de la emoción que el orador imprimía a la disertación.

Iba por la mitad de su mensaje y se enfocaba hacia la fase de resolución y cierre, cuando dos personas uniformadas con el atuendo de Guardia Civil hicieron su entrada al salón. Accedieron por la puerta principal, a espaldas de los asistentes, por lo que apenas nadie notó que habían llegado. El acceso, sin embargo, estaba frente al podio que Fabián ocupaba, por lo que él sí pudo verlos.

Entraron en silencio y ocuparon dos asientos de la última fila. Solo los más cercanos percibieron la llegada de la Guardia Civil y los miraron con extrañeza, pero al ver que tomaban asiento y escuchaban, volvieron a concentrarse en el discurso de Fabián.

Él orador, sin embargo, perdió la calma y también el hilo del mensaje. Tuvo la certeza de que venían a por él y supo que de allí iría directo a la casa cuartel.

Intentando no proyectar la preocupación que sentía, hilvanó varias frases que pudieran tomarse como conclusión y cierre de su ponencia, luego pidió subir al excelente grupo musical que se ocupaba de crear una atmósfera mística y eléctrica; y mientras todos cantaban, Fabián recorrió con aparente calma el largo pasillo, en dirección a la salida. Los dos agentes se pusieron en pie para esperarlo y sin mediar palabra lo escoltaron hacia la salida.

—Tiene derecho a permanecer en silencio —Gómez lo pronunciaba entre dientes, pero Fabián lo entendió perfectamente—. Cualquier cosa que diga podrá ser utilizada en su contra.

Lo introdujeron en un Renault Megane E-Tech 100 % eléctrico, que enseguida hizo rechinar las ruedas. Se llevaron a Fabián.

Gómez y Díaz regresaron al auditorio, y pocos minutos después salieron, llevaban, uno de cada brazo, a Salva, quien tenía sus dos manos juntas sobre el vientre, esposado por las muñecas.

—¿De qué se me acusa? —dijo, ofreciendo una débil resistencia.

—Quedas detenido por intento de homicidio —renegó el comisario.

—¿Cómo se atreve? ¿Qué está diciendo? —intentó camuflar el terror que sentía bajo un mal fingido enfado.

—¿Que qué estoy diciendo? Escúchalo bien, desgraciado —Gómez estaba a punto de perder los estribos—. Estoy diciendo que arrojaste a una chica embarazada por el hueco de una escalera, desde una altura de casi quince metros. Hiciste esa canallada para proteger al cobarde de tu líder, intentando evitar que la chica lo denuncie. Los dos están metidos hasta el cuello. Así que ¡cierra la boca y camina!

De fondo seguían sonando los espirituales negros y los aplausos, pero pronto fueron silenciados por la sirena del coche patrulla que se movía a gran velocidad, conducido por Gómez, rumbo al cuartel de la Guardia Civil.

EPÍLOGO

El día amanece radiante. Indicio de que será una jornada llena de alegría. El sol saluda desde detrás de una nube, asomando una roja circunferencia y difuminando una enorme gama de colores por el cielo. Púrpura, rosado, carmesí, anaranjado, dorado, y ocasionales nubes que ondulan como gasas, empujadas por una suave brisa.

Vanessa ha sido sometida a múltiples cirugías en su pierna derecha y en el brazo izquierdo.

Todavía camina con dificultad; la mullida alfombra de color púrpura sobre la que horas después pisa fue concienzudamente alisada para que no presente ningún tropiezo. Solo debe poner cuidado para no resbalar con los pétalos de rosa que el séquito de niños que la precede va arrojando. Ya pisó suficiente sobre espinas y cristales... se ganó el posar sus pies sobre pétalos de flor.

Avanza lentamente bajo las notas de "A thousand years", de Christina Perri.

Firmemente asida del brazo de su padre, a quien mira y mutuamente se sonríen.

Dani aguarda en el altar, observándola con gesto de admiración y amor. Siempre la amó... siempre la admiró. Las mejillas del novio lucen arreboladas y la emoción humedece sus pupilas. A su lado está Sofía, y junto a ella, Luz, que sostiene en sus brazos a la pequeña Abigail, de siete meses de edad. La pequeña llora siempre, pero en este momento es la única vez que no lo hace, porque duerme plácidamente. El resto sí, llora conmovido. Todos conocen los capítulos previos de esta historia, y saben que todo apuntaba a un final muy distinto del que ahora celebran.

Cuando los novios se unen frente al pastor, los invitados toman asiento y este habla con voz firme, en la que se conjugan autoridad y ternura:

— Vanessa y Dani, hoy están aquí en nombre del amor y también en nombre de Dios, quien es la fuente del verdadero amor —los mira con cariño, primero a ella, luego a él, y entonces prosigue—. En el último tiempo tuvieron razones para temer, pero eso ya pasó. El temor ya se fue, porque el amor se impuso, y en el amor no hay temor, pues el perfecto amor lo echa fuera.

»Que el corazón de Jesús sea siempre su almohada, su regazo su domicilio y su Palabra su código de vida. No se dejen arrastrar por doctrinas que se presentan disfrazadas de bondad, pero destilan vileza. No presten oído a palabras que suenan angelicales, pero ocultan malignidad. Y, ¡sobre todo!, no deben crear dependencia absoluta de nadie; aun nuestra propia sombra nos abandona cuando llega la oscuridad. La única dependencia que jamás defrauda es la que tengamos De Dios.

El pastor abre la Biblia y da lectura a un texto:

—*Entonces ya no seremos inmaduros como los niños. No seremos arrastrados de un lado a otro ni empujados por cualquier corriente de nuevas enseñanzas. No nos dejaremos llevar por personas que intenten engañarnos con mentiras tan hábiles que parezcan la verdad.* (Efesios 4:14, NTV).

»Vanessa y Dani, hoy se casan, y aun siendo eso muy importante, no es lo que de verdad importa. Que Dios sea el centro de su unión es lo esencial para mantenerse conectados cuando soplen fuertes vientos.

Los observa con cariño, saludando desde el balcón de sus ojos, y les dice:

—Una vez hubo una disputa entre dos animales: el burro decía: "¡La hierba es azul!", a lo que el tigre replicó: "¡No es cierto! ¡La hierba es verde!".

»Tan severa se tornó la discusión que el león, rey de la selva, tuvo que intervenir. Para sorpresa de todos lo hizo dando la razón al burro y castigando al tigre con un año de silencio.

»Cuando el burro se hubo marchado, feliz y soberbio, el tigre pidió permiso para hablar una vez más antes de cumplir su condena:

"¿Por qué me castigaste? —preguntó al rey—. Tú sabes que la hierba es verde".

"Claro que la hierba es verde —respondió el león—. Mi castigo no fue porque no tengas razón, sino porque un ser valiente como tú se ha rebajado a discutir con alguien a quien no le importa el color de la hierba, solo le importa tener razón. El burro no distingue el color de la hierba, porque su ego lo mantiene ciego".

De nuevo mira a los novios para decirles:

—Merecen ser felices, y para ello deben recordar que a menudo es mejor tener paz que tener la razón. Para ser felices tendran que dejar ir a la gente que no está lista para amarlos. Esto es lo más difícil que tendran que hacer en la vida y también será lo más importante. Aléjense de conversaciones difíciles con personas que no quieren cambiar. Dejen de aparecer para las personas que no tienen interés en su presencia. Sé que su instinto es hacer todo lo posible para ganar el aprecio de los que los rodean, pero es un impulso que roba su tiempo, energía y salud, tanto mental como física.

Hojeó su Biblia hasta localizar el texto, al que dio lectura:

— Jesús dijo: *Les dejo un regalo: paz en la mente y en el corazón. Y la paz que yo doy es un regalo que el mundo no puede dar. Así que no se angustien ni tengan miedo* (Juan 14:27, NTV). Hijos, busquen una vida con paz, alegría, interés y compromiso, y no todo el mundo está listo para seguirlos a ese lugar. Eso no significa que tengan que cambiar sus objetivos, significa que deben dejar ir a las personas que no están listas para acompañarlos.

»La verdad es que no son para todo el mundo y no todos son para ustedes. Esto es lo que hace tan especial cuando encuentras a personas con las que tienes amistad o amor correspondido. Sabrás lo precioso que es porque experimentaste lo que no lo es.

»Hay miles de millones de personas en este planeta, y muchas de ellas no las van a encontrar a su nivel de interés y compromiso. Tal vez si dejas de aparecer, no te busquen. Tal vez si dejas de intentarlo, la relación termine. Tal vez si dejas de enviar mensajes, tu teléfono permanecerá silencioso durante semanas. Eso no significa que arruinaste la relación, significa que lo único que la sostenía era la energía que tú dabas para mantenerla. Eso no es amor, es apego. ¡Es dar una oportunidad a quien no lo merece!

»Merecen mucho más. Su tiempo y energía valen mucho, ya que ambos son limitados. A las personas y cosas a las que den el tiempo y energía, definirán su existencia.

Ahora comienza a hablar con cada uno de los novios en particular, alternado la mirada entre ella y él:

—Cuando te das cuenta de esto empiezas a entender por qué estás tan ansioso cuando pasas tiempo con personas, actividades o espacios que no te convienen. Empezarás a darte cuenta de que lo más importante que puedes hacer por ti mismo y por quienes te rodean es proteger tu paz más ferozmente que cualquier otra cosa.

»Haz de tu vida un refugio seguro, especialmente para ti. Mereces amistades reales, compromisos verdaderos y un amor completo con personas saludables y prósperas.

»La decisión de tomar distancia con personas nocivas te dará el amor, la estima, la felicidad y la protección que te mereces. Calidez y calidad, humana y espiritual.

El pastor mira ahora a todos los asistentes para decir:

—Y también necesitan a la iglesia. Una de las principales razones por las que Jesús creó su iglesia fue para ser una familia de apoyo —y puntualiza—: Les hablo de familia espiritual y no de grupo religioso. Hay muchos más grupos religiosos que verdaderas iglesias, ¡cuidado con ellos! La religión tiende a amar a los que están dentro y odiar a los que están fuera. La familia espiritual, sin embargo, busca ayudar a los de dentro y también a los de afuera.

»Fíjense en este pasaje de Efesios 4:11-12 (NTV) —con agilidad pasa páginas de su Biblia hasta localizarlo, y entonces lo lee—: *Ahora bien, Cristo dio los siguientes dones a la iglesia: los apóstoles, los profetas, los evangelistas, y los pastores y maestros. Ellos tienen la responsabilidad de preparar al pueblo de Dios para que lleve a cabo la obra de Dios y edifique la iglesia, es decir, el cuerpo de Cristo.*

»Aprendo aquí que la iglesia de Dios es su herramienta para edificar a su pueblo en una vida mejor. Él ha dotado a ciertas personas para hacer esto. Yo soy uno de ellos. Soy pastor y maestro, pero mis regalos no son para mi beneficio, sino para el de los demás. Estoy en la iglesia como pastor y maestro para servir a la iglesia, y no para servirme de ella.

»Hay muchos vientos cambiantes que simplemente están equivocados. Son mentiras y verdades a medias. No se dejen engañar. En su lugar, manténganse conectados con Dios, con su Palabra y con la iglesia.

Al concluir sus palabras, entrega a Vanessa y a Dani un precioso ejemplar de la Biblia, en cuya portada están grabados los nombres de ambos y la fecha de su enlace.

—Dani —lo mira con fijeza y ternura—, recuerda hijo, un hombre que de verdad lo es, solo necesita tres mujeres en su vida: una que le diga "despierta, hijo"; otra que le diga "despierta, amor"; y otra que le diga "despierta, papá".

CONCLUYENDO

Dani y Vanessa danzan al ritmo de un vals y los invitados a la recepción los rodean aplaudiendo. Muy pronto otras parejas se suman, mientras la luna, bien alta, ilumina la escena festiva y romántica.

Sentados en un rincón, pero deleitándose en la escena, Fran y Sofía conversan:

—¿Cuándo vamos a decirles lo nuestro? —Fran se ha inclinado para susurrarlo al oído de ella, asegurándose de que nadie escucha.

—Déjales que disfruten de su luna de miel —también Sofía lo susurra—. No quiero que mi hijo se pase su viaje de novios intentando asimilar que su psicólogo pronto será también su padre —ríe al decirlo.

—Adoptivo —puntualiza el doctor con una sonrisa.

—Siempre suena mejor padre adoptivo que padrastro —ríe Sofía.

Se ha girado hacia él mientras ríe, y Fran aprovecha la proximidad para besar los labios de Sofía.

—¡Fran! —se aparta ruborizada, pero con los ojos encendidos de ilusión—. ¿Quieres que nos vean?

—Estoy deseando que nos vean... que nos vea todo el mundo.

—¿Acaso me quieres? —lo mira con picardía.

—¡Por supuesto que no!

—¿No me quieres? —insiste Sofía, poniendo cara de Bambi ultratriste.

—No te quiero, porque ¡te amo! —la abraza.

Justo en ese instante, la pieza de baile ha cambiado, y un giro en la danza hace que Dani quede frente a ellos. Deshacen el abrazo muy apurados, pero ya es tarde. Los ha visto.

El recién casado sonríe abiertamente y les guiña el ojo derecho.

Sofía y Fran sienten que sus mejillas arden a la vez que su corazón se desboca, mientras la atmósfera se llena con la letra y las notas de la canción "Cometas por el cielo", de La Oreja de Van Gogh:

Quédate conmigo y mi suspiro será
El único testigo que se vestirá de fiesta
Quédate conmigo en esta noche avisar
Porque solo tú, tú me puedes enseñar

A volar, cometas por el cielo
Como el sol, como el mar

Dibujar, mi nombre sobre el suelo
Como el sol, como el mar

Y que pequeños nos verán
Los que no volaron nunca
Convertida en viento
Viajar en silencio
Y solo tú me oirás gritar

Podemos volar, cometas por el cielo
Como el sol, como el mar

Dibujar, mi nombre sobre el suelo
Como el sol como el mar

GUÍA PREVENTIVA Y CURATIVA

¿CÓMO IDENTIFICAR A LA PERSONA MANIPULADORA?

Hay determinadas frases que forman parte del ideario habitual del manipulador/a. Tales expresiones actúan en la víctima como un lento veneno que tarda en hacer efecto, y la cosa se complica cuando entre víctima y victimario existe una conexión emocional que facilita el caer en la trampa.

Es difícil detectar que detrás de un "eres un exagerado/a, todo te lo tomas a la tremenda", lo que hay es una clara invalidación a tus sentimientos.

Sin embargo, al cabo del tiempo, uno llega a descubrir las secuelas de esta táctica, porque el lenguaje que veta, que altera la visión que tienes de tu persona o que juega con tus sentimientos, es una agresión silenciosa y dañina. Por ello, es importante recordar que esta comunicación es una forma de maltrato psicológico.

ALGUNAS EXPRESIONES DE USO HABITUAL EN LA MANIPULACIÓN TÓXICA:

- **"Estás exagerando"**: describen la queja como algo irracional y desproporcionado.

¿Cómo responder?

"Estés o no de acuerdo conmigo, así es como me siento ahora"; o "no juzgues mis sentimientos, no están sujetos a debate".

- **"Me obligaste a hacerlo"**: desvían de sí mismos toda responsabilidad.

¿Cómo responder?

"En realidad yo no puedo obligarte a hacer nada"; o "tu comportamiento es un reflejo de tus elecciones, no de las mías".

- **"Si me amaras, me dejarías hacer lo que quiero"**: manipulan recurriendo a la culpa.

¿Cómo responder?

"Mis límites son un reflejo de mis valores y de cómo elijo vivir mi vida"; o "no me siento cómodo haciendo esto. Respeta mis límites".

- **"Eres demasiado sensible, todo lo sobredimensionas"**: probablemente esta frase sea una de las grandes estrellas del manipulador. Cuando alguien apela a tu sensibilidad y vulnerabilidad para decirte que exageras las cosas, ten cuidado.

¿Cómo responder?

"No tienes derecho a invalidar mis emociones. No creo ser un exagerado/a así que, por favor, no intentes avergonzarme".

- **"Te digo esto por tu bien"**: con este razonamiento envenenado buscan infantilizarte. Es ese tipo de lenguaje moralizante que pretende reducir tus fortalezas, tu identidad y capacidad de decisión. Tal comunicación pasivo-agresiva es algo que debes detectar lo antes posible para defenderte.

¿Cómo responder?

"Si lo dijiste por mi bien, no funcionó. No me hizo sentir bien. No necesito que me digas cosas para sentirme bien, estoy a gusto conmigo mismo/a".

DETECTANDO ACTITUDES DEL MANIPULADOR

Las personas manipuladoras suelen recurrir a diferentes técnicas de manipulación mental para dominar a sus víctimas, conocerlas te ayudará a detectarlas y evitar caer en las redes de la manipulación.

- **Infundir miedo.** Es una de las estrategias de manipulación mental y emocional más usadas y eficaces, puesto que hace mella en los temores de la víctima. Una vez que el manipulador descubre sus miedos, los exagerará para asustar a la persona y lograr que haga lo que desea. En la pareja, es común recurrir al miedo al abandono o a la sensación de indefensión.
- **Generar culpa.** La sensación de culpa es un poderoso motor impulsor del comportamiento, por lo que los manipuladores a menudo intentan que su víctima se sienta culpable. Lo más común es que se hagan pasar por personas desvalidas que necesitan ayuda, de manera que su víctima se sienta terriblemente mal si no cede a sus deseos. Estas personas inventan "necesidades imperiosas" que su víctima debe satisfacer, son capaces de falsear la realidad para hacerles sentir culpables.
- **Actitud protectora.** En los casos más sutiles de manipulación emocional, el manipulador se presenta como el "protector". En la práctica, le hace creer a su víctima que no es capaz de valerse por sí misma y que le necesita. A cambio de esa "protección", que puede ser económica, emocional o espiritual, el manipulador le pedirá que se adapte a sus deseos. De esta forma, la protección se convierte en un control total que genera una relación de profunda dependencia.
- **Castigo.** El manipulador emocional casi nunca recurre a la violencia física, su violencia es psicológica. Por eso, castiga a su víctima cada vez que no cumple con sus exigencias.

Ese castigo puede adoptar diferentes formas, desde humillaciones verbales y sarcasmos hasta un tratamiento silencioso que implica obviar por completo al otro, soslayar sus necesidades emocionales y negarse a afrontar el conflicto, manteniendo así el control de la situación. No hay justificación para la violencia verbal. Todo lo que sea necesario decir puede ser dicho, incluso con firmeza, pero conjugada en suavidad, hablando con el corazón. No es necesario ser críticos mordaces o no tener tacto, ni culpar o mostrarnos crueles cuando decimos nuestras verdades.

TÉCNICAS DE MANIPULACIÓN

GASLIGHTING

¿Conoces el término *gaslighting*? La Real Academia Española (RAE) admite la expresión "hacer luz de gas" como alternativa en español al anglicismo *gaslighting*, y lo define así: "Intentar que (alguien) dude de su razón o juicio mediante una prolongada labor de descrédito de sus percepciones y recuerdos". Lo interesante es que esta locución (hacer luz de gas) está incorporada al Diccionario de la Lengua Española, y la RAE explica que tiene su origen en el filme *Gaslight,* cuya protagonista es sometida a ese proceso.

El *gaslight* consiste en manipular a una persona por medios psicológicos para cuestionar su propia cordura.

En la película *Gaslight,* la obra maestra del director George Cukor, con Ingrid Bergman en una de sus mejores interpretaciones, las luces de gas de una casa de la Inglaterra victoriana suben y bajan de intensidad constantemente y sin explicación alguna. Un acontecimiento carente de significado que deja al borde de la locura al personaje representado por Ingrid Bergman.

Resulta que la luz, la oscuridad, los ruidos y los cuchicheos no eran imaginación de Bergman. Era su marido conspirando para que ella se volviese loca.

Lo tremendo es que este tipo de manipulación se ha puesto tan de moda que en el cierre del año 2022, el diccionario Merriam-Webster declaró a "*gaslighting*" como la palabra del año.

Merriam-Webster define *gaslighting* como una manipulación psicológica prolongada que lleva a la víctima a cuestionar sus propios pensamientos, percepciones y recuerdos, generando confusión, pérdida de autoconfianza, precaria autoestima, inestabilidad emocional y una fuerte dependencia con el perpetrador.

Según la licenciada en psicología Ailin Gómez Mari, quienes ejercen este tipo de maltrato suelen ser figuras significativas en la vida de la víctima, lo que dificulta detectar el abuso; y en el caso de que llegase a detectarse, denunciarlo es muy difícil, pues la víctima ve su opinión desplazada por la supuesta verdad del manipulador.

¿Cómo reconocer el *gaslighting*? Uno de los indicadores de que la persona está siendo objeto del *gaslighting* es que la víctima empieza a sentir confusión, incomodidad o percibe que algo no está bien pero no entiende qué es. Es lo que en psicología se llama ambivalencia, que genera sentimientos de rechazo, aceptación y perplejidad.

La psicóloga Bedrossian explica: "Es un nivel de violencia pasivo-agresiva en la cual la persona, diga lo que diga, siempre es desestimada, por eso a veces se le llama "abuso psicológico sutil". Pero, cuidado, no es sutil por el efecto, sino por la forma.

Según los expertos, los efectos que puede provocar el *gaslighting* continuado en una persona, pasa desde la confusión primaria a la pérdida de autoestima o el estrés, hasta llegar incluso a la ansiedad o a la depresión.

LOVE BOMBING

¿Qué es el bombardeo de amor? La técnica *love bombing* va asociada a la forma que emplean las personas, muchas de ellas con rasgos narcisistas, para seducir y enganchar emocionalmente a alguien. Pero ¿por qué se hace? La idea es conquistar a alguien, ganarse su confianza y establecer un rol de autoridad respecto a la otra parte, para ello el *love bomber* no escatima en grandes gestos, atenciones y afectos de forma insistente a pesar de que apenas se conozcan. Aunque a primera vista puede parecer un gesto sincero, en muchos casos, el *love bombing* es una estrategia calculada para establecer un control emocional sobre la víctima.

El proceso del *love bombing* generalmente comienza con una avalancha de atención positiva. La persona que lo realiza puede enviar mensajes de texto constantemente y planificar actividades grandiosas. Estas acciones están diseñadas para hacer que la víctima se sienta especial y profundamente valorada, fomentando una rápida dependencia emocional. Por ello, cuando se habla de *love bombing* se está hablando de un método de persuasión que se identifica como una posible parte o el inicio de un ciclo de abuso o maltrato. Una vez que se ha conseguido el objetivo de asegurar la relación, se suele pasar a la segunda fase, que es el *refuerzo intermitente.*

REFUERZO INTERMITENTE

En su palabra inglesa es *breadcrumbing,* o "migajas emocionales" en español.

Este se basa en alternar periodos de atención con periodos de ausencia, de esta forma se alteran los niveles de dopamina, que es la hormona considerada como la causante de sensaciones placenteras y la sensación de relajación. Con ello, el manipulador puede controlar la conducta de la persona a quien aplica esta técnica.

Cuando recibimos un refuerzo, nuestros niveles cerebrales de dopamina suben y eso nos hace sentir de forma extraordinaria, pero cuando ese refuerzo se retira la dopamina baja, lo cual nos introduce en un periodo de abstinencia. Si un día el manipulador te hace caso y otro no, está haciendo refuerzo intermitente. Entonces, de forma instintiva, para volver a elevar los niveles de dopamina cerebral, perseguimos ese refuerzo a toda costa. Esto le otorga al manipulador el control de nuestro comportamiento.

La sensación de ser apreciado un momento y luego ignorado, es a la vez desorientadora e hiriente. Te quedas anhelando esos fugaces momentos de afecto, que son frustrantes e inconsistentes. Esta montaña rusa de altibajos emocionales no solo es angustiante; es una forma sutil pero insidiosa de abuso psicológico y emocional.

El atractivo de la recompensa ocasional en medio de un mar de negligencia te deja enganchado, causando un agonizante ciclo de esperanza y decepción. Te hace cuestionar tu autoestima y te lleva a un torbellino de ansiedad, confusión y, en muchos casos, trauma.

Para comprender mejor el funcionamiento del refuerzo intermitente, considera estos ejemplos de la vida real:

- Una pareja romántica que te colma de amor y afecto un día, y luego se vuelve distante e indiferente al siguiente.
- Un amigo que elogia intermitentemente tus logros, haciéndote sentir especial, pero luego te critica o te ignora sin ninguna razón aparente.
- Un padre que fluctúa entre la calidez y la frialdad, dejándote constantemente buscando su aprobación.

En todos estos ejemplos, las recompensas intermitentes hacen que las víctimas soporten el abandono y el abuso con la esperanza de que el comportamiento positivo regrese.

LA LEY DEL HIELO Y EL LÁTIGO DEL SILENCIO

La famosa *ley del hielo* es un recurso muy utilizado por personas que aparentemente gozan de un gran autocontrol y presumen de ser racionales.

No solo es una expresión de violencia pasiva, también es un mecanismo disfrazado de abuso psicológico. Esto quiere decir que daña profundamente a la persona sobre la que se aplica.

Se le llama ley del hielo a ese conjunto de comportamientos que tienen por objetivo ignorar al otro.

Se da en todo tipo de relaciones: pareja, amigos, entorno laboral, padres e hijos, familiares, etc. Implica la existencia de un conflicto previo. Sin embargo, en algunas ocasiones, la víctima ignora dicho conflicto, precisamente porque el otro no se lo ha expresado abiertamente.

"El peor pecado hacia nuestros semejantes no es odiarlos, sino tratarlos con indiferencia; esto es la esencia de la humanidad". Así lo dijo William Shakespeare.

A la ley del hielo corresponden acciones como dejar de hablarle a alguien, no tomar en cuenta lo que el otro dice o fingir que no se le escucha; tomar distancia y evitar la compañía de determinada persona, como si estuviera contagiada de algo; pasar por alto las peticiones o necesidades expresas y llevar a cabo cualquier conducta que tenga como objetivo anular o invisibilizar a alguien.

¿Por qué alguien querría utilizar la ley del hielo?

Este tipo de comportamientos no solo denotan inmadurez, mezquindad y falta de inteligencia emocional, sino que también pueden causar graves efectos en el otro. Constituyen un intento por controlar y vejar a los demás y no representan nada positivo para ningún tipo de relación interpersonal.

Otras veces consiste en una forma de castigo hacia la otra persona. Cuando el enfado y los conflictos no se gestionan bien, se tiende a querer hacer daño al otro y a vengarse, en vez de hacer uso del autocontrol y centrarse en las soluciones.

La ley del hielo puede causar estrés emocional y traumas. La persona a quien se le aplica la ley del hielo puede llegar a experimentar sentimientos negativos muy intensos. Piensa que ignorar a alguien es devaluarlo e incluso anularlo. Además, esto se torna más insano cuando todo se da en el marco de un silencio duro y crudo, que la víctima no sabe finalmente interpretar.

Quien es ignorado, eventualmente se sumerge en sentimientos de tristeza que a veces se convierten en depresión. Según un estudio, las personas que regularmente se sienten ignoradas también reportan niveles más bajos de autoestima, pertenencia y significado en sus vidas. También siente ira, miedo y culpa.

Ignorar a una persona es una forma de señalarla con el dedo, de acusarla, pero de manera implícita. Eso es precisamente lo que convierte este mecanismo en una forma enfermiza de afrontar un conflicto.

La víctima de este tipo de comportamientos también suele llenarse de angustia. No termina de saber qué está haciendo mal o por qué exactamente se le trata de este modo. Experimenta la situación como si hubiera perdido el control y esto origina un fuerte estrés. De ahí que se le considere una forma de abuso donde no hay gritos, ni golpes, pero sí mucha violencia.

La ley del hielo genera también efectos físicos

Hay estudios que prueban que el sentimiento de estar siendo excluido o ignorado da lugar a algunos cambios en el cerebro. Existe una zona llamada corteza cingulada anterior, cuya función es la de detectar los diferentes niveles de dolor en el ser humano. Pues bien, se comprobó que esta zona se activa cuando a alguien le aplican la ley del hielo.

Es usual que se presenten dolores de cabeza y problemas digestivos. También es frecuente la aparición de insomnio y fatiga. Si la situación es muy severa y continuada, surgen problemas más graves, como incremento de la presión arterial, diabetes e incluso enfermedades como el cáncer.

Identificar la ley de hielo no es fácil, ya que muchas personan la normalizan desde la infancia. En estos hogares, se manipula a los hijos alterando su capacidad de diferenciar una reacción saludable de una pasivo-agresiva. Por eso es importante conocer las señales del castigo del silencio; aquí alguna de esas señales:

- La otra persona no te habla tras una discusión.
- Aunque tú actúes de forma amable, cariñosa y conciliadora, te ignora.
- No responde a ninguno de tus mensajes y llamadas.
- Aunque estés llorando o muy angustiado, actúa como si le diese igual tu estado.
- Finge que no estás en la misma habitación.
- No quiere escuchar tu opinión, incluso cuando te expresas de forma coherente y tranquila.
- Cuando intentas solucionar la situación, solo pone obstáculos.
- Si haces algo que no le parece bien, actúa como si la traición fuese mucho mayor.
- Te exige que des todo de ti para solucionar el problema, pero esa persona no cede ni aporta nada.
- Parece que disfruta viéndote suplicar.
- Cada vez que haces algo que crees que está mal, te sientes muy agobiado al pensar que puede derivar en una discusión.
- La persona te culpabiliza y tú mismo acabas sintiéndote mal por lo ocurrido.
- Pides perdón por cosas que no has dicho.
- Acabas disculpándote por los errores de la otra persona.
- Para evitar este tipo de discusiones cedes más de lo que te gustaría.

¿QUÉ HACER ANTE ESTAS ACTITUDES?

Ámate.

El Evangelio según San Mateo relata una interesante circunstancia: Cuando los fariseos oyeron que Jesús dejó callados a los saduceos, se reunieron. Uno de ellos, que era experto en la ley, quería tenderle una trampa a Jesús y le preguntó:

—Maestro, ¿cuál es el mandamiento más importante de la ley?

Para captar la intensidad de la pregunta es importante conocer que la Torá, el libro sagrado y fundamental de la religión judía, en el que se contienen las leyes y relatos fundacionales del pueblo y la identidad hebrea, contempla seiscientos trece mandamientos principales, pero en el momento en que aquel fariseo interpela a Jesús, el judaísmo llevaba siglos de evolución y los preceptos esenciales se habían convertido en miles de mandamientos que se apretaban en incontables pergaminos.

Ahora este religioso le dice a Jesús:

— De esos miles de mandamientos, quiero que me digas uno... solo uno: ¿cuál es el más importante?

El Evangelio no dice que Jesús pidiera un retiro espiritual para analizar, estudiar y decidir cuál era el principal de los preceptos; ni siquiera solicitó un breve receso para pensar.

Te presento a continuación cómo lo relata el Evangelio:

> *Jesús le dijo:*
>
> *—"Ama al Señor tu Dios con todo tu corazón, con todo tu ser y con toda tu mente". Este es el primer mandamiento y el más importante. Hay un segundo mandamiento parecido a este: "Ama a tu semejante como te amas a ti mismo". Toda la ley y los escritos de los profetas dependen de estos dos mandamientos.* (Mateo 22:37-40, PDT)

La respuesta fue veloz, concisa y concreta: ¡toda la ley y los escritos de los profetas dependen de esto!

Permíteme concentrar un momento la atención sobre ese "segundo mandamiento": ama a tu semejante como te amas a ti mismo. Voy a aventurar una opinión: es más que un mandamiento, se trata de una irrevocable profecía, porque no lograremos amar adecuadamente a otros si no nos amamos a nosotros mismos.

Sentirnos bien con nosotros mismos nos permite tener más confianza y tomar decisiones más saludables, tanto en nuestra vida personal como profesional.

Y posiblemente lo más importante —y por eso lo reitero—: hasta que no nos amemos plenamente a nosotros mismos, nunca seremos capaces de amar verdaderamente a los demás.

SUGIERO QUE TOMES ESTAS INICIATIVAS

Practica la atención plena. Las personas que tienen más amor propio tienden a saber lo que piensan, sienten y quieren. Es más probable que actúen basándose en lo que realmente necesitan y no en lo que otros dicen que "deberían" hacer. La atención plena también te mantiene conectado con el momento presente, lo que puede hacer que agradezcas mucho más los pequeños regalos de la vida.

Practica el autocuidado. Te querrás más cuando atiendas mejor tus necesidades básicas. Las personas con un alto nivel de amor propio se nutren a diario con actividades saludables, como una buena alimentación, ejercicio, sueño adecuado, intimidad e interacciones sociales sanas.

Pon límites. Te querrás más cuando pongas límites o digas "no" al trabajo, a las relaciones o a las actividades que te agotan o te dañan física, emocional y espiritualmente, o que expresan mal quién eres.

Perdónate a ti mismo. Como humanos, a menudo somos muy duros con nosotros mismos. Tienes que aceptar tu humanidad (el hecho de que no eres perfecto) antes de poder quererte de verdad. Practica ser menos duro contigo mismo cuando cometas un error. Recuerda que no hay fracasos si has aprendido y crecido a partir de tus errores.

Reconoce y celebra tus logros. Intenta encontrar una cosa, por pequeña que sea, que puedas celebrar cada día.